TEMPOS DE JOSUÉ

100 ANOS DE JOSUÉ GUIMARÃES

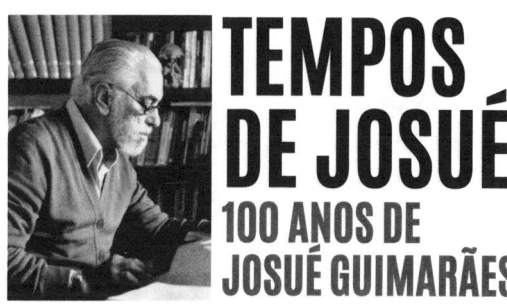

Livros do autor publicados pela **L&PM** EDITORES

A ferro e fogo I (Tempo de solidão)
A ferro e fogo II (Tempo de guerra)
Depois do último trem
Os tambores silenciosos
É tarde para saber
Dona Anja
Enquanto a noite não chega
O cavalo cego
O gato no escuro
Camilo Mortágua
Um corpo estranho entre nós dois
Garibaldi & Manoela
As muralhas de Jericó

INFANTIS

A casa das quatro luas
Era uma vez um reino encantado
Xerloque da Silva em "O rapto da Doroteia"
Xerloque da Silva em "Os ladrões da meia-noite"
Meu primeiro dragão
A última bruxa

Josué Guimarães

O GATO NO ESCURO

www.lpm.com.br

Coleção **L&PM** POCKET, vol. 231

Texto de acordo com a nova ortografia.

Este livro foi publicado anteriormente, pela L&PM Editores, em formato 14 x 21, em 1982.

Primeira edição na Coleção **L&PM** POCKET: junho de 2001
Esta reimpressão: janeiro de 2021

Capa: Ivan Pinheiro Machado
Revisão: Luciana Balbueno, Jó Saldanha e Renato Deitos

G963g Guimarães, Josué, 1921-1986
        O gato no escuro / Josué Guimarães – Porto Alegre: L&PM, 2021.
        176p. ; 18 cm – (Coleção L&PM POCKET, v. 231)
       ISBN 978-85-254-0964-5

        1. Ficção brasileira-Contos . I. Título. II. Série.

                                  CDD 869.931
                                  CDU 869.0(81)-34

Catalogação elaborada por Izabel A. Merlo, CRB 10/329.

© sucessão Josué Guimarães, 2001

Todos os direitos desta edição reservados a L&PM Editores
Rua Comendador Coruja, 314, loja 9 – Floresta – 90.220-180
Porto Alegre – RS – Brasil / Fone: 51.3225.5777

Pedidos & Depto. Comercial: vendas@lpm.com.br
Fale conosco: info@lpm.com.br
www.lpm.com.br

Impresso no Brasil
Verão de 2021

Sumário

Mãos Sujas de Terra / 9
O Cristo Mutilado / 19
O Gato no Escuro / 35
A Doce Luz Verde / 40
A Morte da Velha / 48
Deus Salve a Rainha / 53
O Elefante de Jade / 71
O Pequeno Recruta / 86
João do Rosário / 98
A Morte do Caudilho / 112
A Ronda Noturna / 132
O Beijo na Boca / 143
Terra de Ninguém / 154

Sobre o autor / 163

As epígrafes que antecedem os contos foram tiradas da obra poética de Mario Quintana.

*Ao Noel Nutels,
irmão que está
sempre a meu lado.*

Mãos Sujas de Terra

Não, o melhor é não falares, não explicares coisa alguma. Tudo agora está suspenso. Nada aguenta mais nada. E sabe Deus o que é que desencadeia as catástrofes...

— Meu nome completo é Pedro Morais de Oliveira. Morais por parte de mãe, dona Leocádia Gomes Morais, falecida em 1954, de tifo, no mês de agosto de triste recordação, quando morreu de suicídio o doutor Getúlio Dornelles Vargas, nosso grande presidente de saudosa memória. Oliveira do meu pai, Sebastião Juarez Oliveira, morto à traição pelo cabo Leodegário de Tal, da Polícia Militar, num desacerto ocorrido há cinco anos na Estação Rodoviária, quando meu pai intentou prevalecer a sua opinião num caso de justo direito. Sou juntado com dona Rosa Conceição, de prendas domésticas, de pais moradores em Vitória do Espírito Santo, o pai, e em Cachoeiro do Itapemirim, a mãe. Se quer saber, sou pai de quatorze filhos. O maior tem vinte e oito anos e, como eu, é agricultor em Campos, Estado do Rio. O menorzinho tem seis meses. É mulher e se chama Terezinha de Jesus. Tenho uma outra de três anos. Outra de seis. Outra de nove, a Maria da Graça. Um que devia ter onze anos e que morreu de pneumonia numa noite de ano-bom. Um outro de quatorze que faz biscates na cidade. Dois deles, um de dezoito e outro de dezenove, estão servindo à Pátria, cumprindo o serviço militar obrigatório. Dois outros morreram em pequeno. Um de varíola e outro de difteria. E mais Salatiel, com vinte e dois anos, atualmente cumprindo pena de três anos por fraqueza de caráter e más companhias. Davi, com vinte e quatro, e Geneci, com vinte e cinco, casada com o vigia de uma fábrica de munições em Cachoeiro de Macacu. Somando, o doutor encontra os quatorze. Se faltou algum, eu descubro daqui a pouco. Sou agricultor por necessidade e por profissão. Em tempo algum o sol me pegou deitado, dormindo. Chuva nunca me fez acochar em abrigo de mandrião. Noitecer nunca foi sinal de guardar enxada ou desatrelar arado. Suor de trabalho é remédio, purifica o sangue, fortalece o corpo, mundifica a alma. Praga do demônio ou graça de Deus, gosto dele, o trabalho, da terra e do plantio. Gosto do cheiro de estrume e até do mijo de vaca. Trabalhei metade da vida fazendo biscates nas safras. Época de colher cana, colhia cana. Tempo de colher milho, colhia milho. Se alguém precisava de arar, aradura era comigo. Plantava moirão, esticava fio de cerca, rachava lenha, tirava água de poço, fazia casa de pau a pique ou de adobe, taipa de açude, telhado de santa-fé. O que fosse aparecendo, traçava. Mas a família foi crescendo e eu carecia de criar raiz, como a mandioca. Um pedaço de terra para uma casa e alguma plantação para o sustento do dia a dia. Tomate, batata-doce, feijão-de-vagem, feijão-fradinho, fava-de-quebranto, milho, abóbora, um pé de laranjeira, um canto para criar galinha, que dá carne e ovos. Achei aquelas terras perdidas na Estrada da Lagoinha. Por acaso. Entre o ir e vir de uma changa qualquer. Uma gota d'água, doutor, naquele mar de chão. Acheguei depressa, me apropinquar foi um zás, como vê. Já lá estava havia quinze anos. Tem vizinho meu com posse da terra há mais de sessenta. Afora um matinho ralo de guabiroba, pitanga, gameleira-branca e araçá, um canto de areião e duas faixas de tabatinga, o resto recebia bem o cultivo de alguma coisa para munição de boca. Pois um dia nós ficamos sabendo que um tal de doutor Eduardo Borman, de mãe brasileira e pai gringo, havia comprado a Fazenda Santo Antônio e se dispunha a tocar o negócio pra frente. Mandou o capataz, um tal de Jesuíno, pelo-duro do Sul, de jipe, avisar a todos nós que aquelas terras faziam parte da sua propriedade de cinquenta e oito alqueires. Sim senhor, cinquenta e oito alqueires e, segundo reza a escritura, tudo dele. Mas eu lhe pergunto, doutor, que valia tinha para o homem o meu meio hectare requife naquela nação toda de terra? Sair, ninguém ia sair, lhe confesso. Gente pobre, doutor, mas trabalhadora e teimosa. Ir para a estrada se vai, mas quando se leva apenas o próprio corpo. Não se pode dormir ao relento com a criançada toda. Família de muito filho. Um sempre está doente. E depois, doutor, há de convir que a gente agarra amor pelo que tem. Deus quando botou terra no mundo não deu escritura pra ninguém. Cada um ficou com o que podia plantar e gozar. Isso foi desde a criação do mundo, doutor. Bem, o senhor quer ouvir a respeito do crime. É do seu direito e do seu ofício. Mas não acredito que possa fazer muito por mim. Não se é dono do seu nariz quando a morada é prisão. Aqui se obedece e acata ordens. Pois como ia contando, o dono da fazenda não queria saber de desculpas. A gente podia estar na terra cem anos, duzentos anos, que a terra era sempre dele. Dava prazos e o capataz não saía mais de lá, rondando. No começo, conversava. Espiolhava tudo.

Bisbilhotava. A gente sabia que ele era o vigieiro do homem. Grulha não havia, a recomendação era moita. Boa-tarde aqui, boa-tarde ali, tudo parecendo desinformado da intenção do sacripanta de ver a gente como estroço em busca de cortiço. Depois foi ficando impaciente e ameaçava. Até maldade começou a fazer. Numa noite, os seus homens foram lá e mataram toda a minha criação. Fizeram o mesmo com os outros. Acabaram com o pomar do compadre Vilário. Mataram quatro vacas do Francisco Coelho, o maneta, pai de oito filhos. Como mesmo assim não conseguisse nos convencer, entrou na Justiça. Justiça é Justiça, doutor, e o senhor bem sabe disso. É o remédio que nos resta. Deve sempre estar ao lado dos pobres e desafortunados. Mas não sei, não. Tanto ele armou e fuxicou, sei lá que documentos falsificou, que no outro dia foram nos avisar que a Justiça decidira mandar a gente abandonar as terras. Não era coisa de se acreditar. E que fazer? Na casa do Justino Cardoso, que é a maior, todos se encontravam de noite para saber como agir naquelas aperturas. A primeira providência foi azeitar as espingardas de quem tinha. "Tico-tico", "Pica-pau", essas de praticar passarinhagem, que o senhor também deve conhecer por "Flaubert". Calibre vinte e dois, de carregar desnucando, levezinha e silenciosa. Alguns tinham garrucha de carregar com chumbo, pela boca. Não senhor, não era para matar ninguém. O pensamento era usar as escopetas na defesa dos nossos pertences que o capataz mandava destruir. Meia dúzia de nós ficava de guarda durante a noite. Num jirau armado no cinamomo chapéu-de-sol, na boca da estrada. Passante não tinha outro caminho.

Pelo Norte, o pedrouço não deixava. No valão da estrada, uma trincheira melhor do que as de intenção. Ou mesmo no forro do cortelho do Eleutério das bananeiras, mirante a jeito, descortinado. Depois, quando ele ganhou na Justiça, começou a cercar tudo com arame farpado, cinturão de cinco fios. Chegou a passar o aramado na estrada que a gente abrira e usava.

    Não tivemos outro remédio senão cortar o alambrado e arrancar os moirões de eucalipto. Não havia mais tranquilidade, doutor. Numa noite, então, na casa do Justino, em desespero de causa, fizemos o julgamento do homem. Bem, a gente não era Justiça e nem tinha capacitação para tal. Isso é verdade. Compreendemos muito bem, doutor. Acontece que se o senhor se colocar no nosso lugar e não nos der razão, pelo menos vai nos compreender. Foi um julgamento dentro do direito. Feito em nome de Deus. Em defesa dos inocentes que iam morrer de maleita no meio da estrada. Um julgamento por voto. Sem pressão nem ameaça. Silvério Ataíde achou que a gente não podia fazer uma coisa daquelas, mas quando votou, votou de acordo com os outros. E já sabe: o doutor Eduardo foi condenado a morrer no dia 18, um sábado, dez dias depois daquela noite. Seria tocaiado no local denominado "Passo do Urubu", entre 10 e 11 horas. Um lugar feito a propósito para isso. De um lado, mato cerrado. Do outro, elevação de pedra solta e capim-elefante. Caminho estreito numa baixada. E depois, estrada obrigatória para atingir o resto da fazenda que ele estava mandando cercar. O combinado, doutor, era Chico Hilário atirar primeiro, como sinal. E atirar de garrucha, que faz mais barulho que mortandade. Aí todos atirariam. Cada um, pelo menos, deveria meter o seu chumbo no corpo do algoz. Como a gente era vinte e dois, ninguém ficaria culpado pelo crime. Um momento, doutor, já chego lá. Isso que eu contei era o que todos pensavam fazer, mas eu matutei diferente. Votei pela morte dele, também, e não arredaria pé dessa intenção. Mas me agoniava envolver os vinte e dois homens na morte do desalmado. Era um preço muito alto, doutor, há de convir. Passei três noites de olho aberto. Na quarta noite decidi, juntamente com Deus Nosso Senhor, matar o fazendeiro com as minhas próprias mãos. E se assim resolvi, assim fiz. Não senhor, não tocaiei. Fui até lá e disse para o capataz que queria falar com o dono. Como estava desconfiado, menti que queria ajudar a causa dele em troca de um pedaço de terra. Foi assim que consegui ver de perto o homem, doutor. Nem muito velho, nem muito moço. Devia ter o quê? Uns quarenta e cinco anos? Cinquenta, diz o senhor. Pois errei por pouco. Barba bem feita, cara lisa, camisa branca acabada de sair do ferro de engomar. Calça americana dessas de brim coringa. Fumava cigarro feito. Falamos de pé. O homem meio arredio e sestroso. Contei o meu plano: ele me dava um outro pedacinho de terra para os lados da Várzea Pequena, me ajudava a transportar a casa e os tarecos e eu, em troca, ajudaria a tirar os outros da sua propriedade. Pareceu gostar da ideia. Mandou que eu sentasse num banco ali fora, à sombra de uma figueira. Um lindo lugar. No galpão novo um trator de esteira como que saído da fábrica, reluzindo o amarelão da pintura. Um "Chevrolet" último tipo, atarracado e brilhante. Estavam começando a gramar tudo em redor. Demão de cal no tronco das árvores, todas elas parecendo de meia-branca, domingueira. Pensei no que é gosto e dinheiro. Aí, como o capataz não arredava pé, eu disse que estava com sede e pedi uma caneca d'água. Ele foi buscar. Eu já havia começado a enrolar o palheiro e pedi fogo, se me fizesse o favor. O resto, doutor, o senhor já deve saber nem que seja por ouvir dizer. Dei duas facadas na altura do peito. Fiquei com pena de manchar aquela camisa nova. Ele nem chegou a gritar. Apenas grunhiu como porco. Os olhos azuis ficaram deste tamanho. Quando recebi o tiro do capataz, que vinha trazendo água, o homem já estava no chão e eu cansado de tanto matar. Pois me julgue como quiser, doutor. O senhor tem a lei na mão e é amante dela. A lei é de classificar as coisas e de dar nome aos atos que o homem pratica. Pois encontre um nome para o que pratiquei. Vai ser um nome bendito, lhe asseguro. Fiz de premeditação. Cabeça fria. Cabeça no lugar. Se fosse preciso, faria tudo de novo, facada por facada. Depois, o senhor sabe, perdi a consciência, acho que com esta coronhada que me abriu o lado da cara. Um tiro me esfacelou o osso da perna e daí não poder mais andar. Esta mão quebrada só incomoda pela dor. Mas a gente usa menos esta mão esquerda. O resto do escalavrado que o senhor vê é capaz de sarar dentro de duas semanas, lavando com água e sal. Mas não me arrependo, doutor. Sei que cada um deles pega uma criança das minhas. Em troca de um prato de comida elas ajudam. Rosa Conceição fica com a de seis meses, a Teresinha de Jesus, que não anda lá muito bem com os vermes. O mais velho, se não for despejado em Campos, há de ajudar um pouco os irmãos menores. Ele é forte como um touro e decidido como o pai. Eu morro por aqui mesmo, doutor, sem necessidade de levantar antes do sol, nem de me encharcar na chuva ou chafurdar no barro. Vai ser assim como tirar férias, doutor, que nunca antes eu havia tirado. Bem, é claro, vou sentir um pouco de saudades da meninada. Mas quando ela apertar, a gente segura a cabeça com as mãos e chora como homem, que sempre alivia. O que me satisfaz, lhe confesso, é saber que ele não tira terra de mais ninguém. E nem precisa, ora essa. Sete palmos dão de sobra para a necessidade de um homem morto. E isso muita gente não sabe. Desculpe, doutor, o tempo que lhe tomei. É seu ofício. O meu é plantar, semear e colher. Viver de rabiça na mão, da manhã à noite. Cavar o chão e dele tirar comida, o pão-nosso-de-cada-dia. E provo isso, doutor. Veja: minhas mãos estão sempre sujas de terra.

O Cristo Mutilado

E havia um coraçãozinho que batia assustado, assustado...
E um coração tão duro que era como se estivesse parado...
Um escorria fel...
O outro, lágrimas...

O portal ainda estava sujo de sangue. Não mais um sangue vermelho de aurora boreal ou o sangue escarlate das capas de toureiro, mas um sangue marrom e pastoso, enegrecido nas frinchas das lajes do passeio, viscoso, sangue velho de horas, frio e coagulado. Os garis foram chamados, de início tentaram limpar as grandes manchas com as vassouras de palha e usaram as pás de colher lixo como raspadeiras, mas não conseguiam remover a massa fina derramada. Alguém deu a ideia de jogar sobre o chão punhados de terra das sarjetas. Eles também acharam que daria resultado, tanto que cumpriram a missão com afinco. O mais graduado reclamou:

– Não adianta. Por que não chamaram os bombeiros com seus caminhões-pipa? Com essas vassouras não dá.

Aquele que parecia chefe dos policiais que rondavam o local do crime falou com o cigarro preso entre dentes:

– Se dá ou não, é outro problema. Tratem de limpar o melhor que puderem. Ei, você aí, ó sardento, esfrega aquele pedaço de tijolo nas lajes.

Os outros mantinham os curiosos afastados. Não muitos, apenas uns poucos que não resistiam ao desejo de ver aquele magote esfregando e varrendo, e o sangue ali grudado feito cola. As vassouras rascavam o chão e pareciam um bando de loucos varrendo nada, sob o olhar frio dos que vigiavam o serviço e nem sabiam por onde começar para esclarecer todo o mistério.

Quando o carro parou junto ao meio-fio, o estrangeiro descera sem pressa, fechara a porta sobraçando uma pasta preta, não chegando mesmo a colocar o pé sobre a calçada. De um outro automóvel em marcha lenta, partira a rajada de metralhadora. Alguém atirara de pistola da portinhola traseira, mas se conseguira acertar o alvo fora simplesmente a título de misericórdia. O homem ainda correra sem saber de que e logo caíra varado pelas balas, com a cabeça sobre o portal da casa. O carro imprimira maior velocidade, desaparecendo na primeira esquina.

Já haviam levado o corpo, tendo as testemunhas prestado seus primeiros depoimentos. Ninguém se lembrara de anotar a placa do carro. Uma senhora velha, ainda traumatizada, achava que o carro nem tinha placa. Era um carro preto – ou muito escuro. A marca? Ninguém sabia ao certo.

Os garis esfregavam e se esbaldavam, sabendo que seu trabalho seria de todo inútil.

– O sangue desses estrangeiros é muito forte. Passam a vida bebendo cerveja e comendo presunto.

– É carne fresca, que engrossa o sangue.

– Não adianta, velho, mesmo que isso não desgrude daí a gente é obrigado a varrer até cair morto.

– Fala baixo que o doutorzinho ali ouve e te faz ver o sol quadrado por seis meses.

Por fim os bombeiros chegaram, ligando as mangueiras nos carros-pipa e cruzaram os potentes jatos d'água sobre as manchas e a terra que os garis haviam jogado sobre a calçada. Os varredores se afastaram, olhando o trabalho, a torcer para que as mangueiras não removessem o sangue endurecido. Finalmente, os bombeiros formaram dupla junto ao bocal de cada esguicho e chegaram tão perto das manchas que davam mesmo a impressão de querer arrancar as lajes. Faziam o serviço com aplicação, como se estivessem apagando um grande incêndio. Aí o chefe dos polícias fez um sinal para os varredores e eles, como em ordem unida, voltaram a empunhar as vassouras, esfregando-as com energia sobre as manchas alagadas, que começaram a desaparecer. Finalmente só água restava do homem metralhado.

– Se fosse sangue de boi, até com mijo a gente tira. Mas sangue de gente é assim mesmo. Pra mim é o diabo que não quer deixar ele sumir.

Empurravam agora a água para as sarjetas e todos tinham a cara alegre e comentavam coisas engraçadas, esquecidos da tragédia de poucas horas.

– Lá se foi o rico sanguezinho do inglês...

– Alemão, seu idiota. Aquele retratista do jornal disse que o tal defunto era um nazista e que matou muito judeu na última guerra.

– Puxa, nazista até agora?

– E daí? Ou tu acha que eles morreram todos na guerra?

O mais graduado dos polícias mandou que estes fossem embora. Ordenou que se fizesse o mesmo com os demais.

– Será que nunca viram lavar sangue de gente?

Ver morrer é sempre divertido. É um espetáculo. Quando o homem se sente muito só e abandonado, ou quando se sente traído e humilhado, mata num desabafo, ou corre a disputar a primeira fila de uma plateia qualquer que assiste à morte de alguém. Pode ser de tiro, por veneno, derrame ou enfarte. É grotesco toda a vez que se desespera em face da morte e depois de morto é sempre um trapo miserável, ridículo e descomposto, incapaz de estender a mão dura e gélida para tapar o corpo desnudo ou ainda cobrir o rosto que conserva o pavor e o medo do desconhecido. Pois o alemão estava morto definitivamente e a polícia não queria saber de gente olhando nem perguntando, além deles, os profissionais.

Foi embora também a mulher que carregava duas velas na mão e que tentara acendê-las quando o corpo do homem ainda estava quente. Uma que tinha sido acesa, mantendo precário equilíbrio nas lajes, fora chutada longe por um guarda fardado. Ela tratou, com indignação, de recolher o coto partido, espantada pelo desamor do bruto. E a turma da perícia instalou suas máquinas de retrato e ficou batendo fotos de todos os lados e ângulos, muito embora a cara do morto estivesse voltada para as pedras, com o cabelo curto bem penteado e o casaco aberto e empapado de massa de tomate.

Depois chegaram os fotógrafos dos jornais, os cinegrafistas das televisões e esgotaram os estoques de filmes e muitos pediram licença nas casas vizinhas "para pegar uma panorâmica do local do crime". Os repórteres queriam saber se este ou aquele não teria visto alguma coisa e tentavam convencer as pessoas que dissessem algo, contassem tudo o que sabiam. Era sempre a mesma coisa: ouviram os tiros – parecia de festim, contou um sargento reformado – ou a descarga de um carro qualquer, desses que enguiçam por causa do carburador.

– Sabe como é – disse um entendido em mecânica. – Quando a gente liga o motor e tem muita gasolina na agulha. Começa a pipocar ou dá um estouro que leva surdina e parte do cano de descarga.

Um dentista que ouvira os tiros viera à janela com a máquina ligada, nem acreditando no que seus olhos viam. Deixara a cliente de boca aberta, com chumaços de algodão prendendo a saliva entre as bochechas, e ficara mudo e espantado, sem saber se abria a janela para gritar ou simplesmente voltava à paciente informando que "acabam de matar um homem aí defronte".

Ninguém estivera muito chegado ao local onde caíra o alemão. Muitos viram de longe e tudo o que sabiam ou contavam não daria para lançar a menor luz sobre quem atirara. Nem podiam indicar a marca do carro que fugira em pleno dia.

– O fato é que mataram um oficial estrangeiro em plena cidade, nas barbas de todo o mundo e o único depoimento válido que vocês trazem é o da velha que afirmou e jurou de pés juntos que o homem morreu de tiro. Nem sabe informar se foi um tiro ou se foram duzentos.

Ora, convenhamos, vou dar uma medalha para cada um por relevantes serviços prestados à ordem. Vão para o raio que os parta! Até de madrugada quero o maior número de suspeitos que se possa prender. Você aí, reúna seus homens. E você, Tinhorão, pegue a gente de serviço, arrebanhe os de folga e mande ordem pelo telex para a operação arrastão. Quero duzentos mil subversivos engradados e se for preciso a cambada vai confessar chupando bala 45 em brasa.

– Doutor, telefone para o senhor. – Estenderam, com displicência, o fone, que foi agarrado nervosamente.

– Alô, é ele mesmo. Pois não... sim, senhor. Sim... sim... não se preocupe. É claro, não se preocupe. Pode deixar comigo. Sim... sim. É evidente. Deixe comigo. Muito obrigado.

Ligaram os motores dos carros, que roncaram violentos. Todos andavam depressa ou corriam. As primeiras sirenas estrugiram e a balbúrdia aumentou, tornando-se insuportável.

– Assim é que eu gosto. Movimento, agitação, ação.

– O negócio é botar a mão nessa canalha e trazer cada um deles amarrado pelo pescoço. Ou prova por fotografia que estava em outro lugar naquela mesma hora ou vomita o que tem a dizer ao pé da letra.

— Quem vai se lamber todo é o Carioca. O safado nasceu para arrancar confissão de mudo.

— Pois ele não fez o Barbadinho confessar que havia assassinado Nosso Senhor Jesus Cristo? E com duas facadas?

Os que ainda estavam por ali, bebendo café em copos grosseiros de vidro, riram em coro.

— Quando disseram que podia ir embora, que o verdadeiro assassino já confessara, o filho de uma égua chorou que não acabava mais e jurava que tinha sido ele.

Um gato cinza cruzou a sala carregando um ratinho na boca. Desapareceu no pátio interno. Os homens pareciam não acreditar no que haviam visto.

— Então o Charuto caçou um rato! Ora vejam. O diabo vive de barriga cheia com a carne que a gente dá e nunca se importou que os ratos lhe roessem o próprio nariz. Quem diria, mãe dos gatos!

— Sinal dos tempos, meu velho. O Charuto está dando um belo exemplo de eficiência. Mesmo de barriga cheia a gente deve abocanhar a ratazana. Faz parte do ofício. Isso não lembra nada a vocês, seus palermas?

— Ora, ora. Senhores passageiros, ocupem os seus lugares na RP-14, apertem os cintos e não fumem. Vamos decolar.

Saíram da sala mal iluminada, o cano da metralhadora portátil de um deles bateu na lâmpada baixa com abajur de louça e o leque de luz ficou balouçando como o pêndulo de um relógio ou o badalo de um sino. A luz oscilante passava e repassava pelo crucifixo de massa, encardido, coberto de pó, decapitado, e a sombra projetada na parede dava ao Cristo mutilado um macabro movimento de quadris, gingando o corpo esquálido como bailarina de teatro de revista.

Quatro dias e quatro noites levou a triagem na Central. Os presos chegavam, se identificavam, dando longas explicações, e respondiam às perguntas de qualificação. Quando não aguentavam mais, aparecia um superior providencial irritado:

– Não adianta perder tempo com todo o mundo, meu velho. Tá na cara que esses aí não têm nada a ver com a coisa. Enquanto você fica se divertindo, bancando o detetive do Simenon, os verdadeiros autores do crime andam bebendo chope nos bares de Ipanema. Pois se já viram que os imbecis não têm nada com o negócio, mete um pé na bunda e manda eles passearem. Puxa!

Homens e mulheres, quando abandonavam a sala, saíam cambaleando feridos pela luz do sol ou cegos pela escuridão da noite. Saíam como bêbados, assustados e inseguros. A claridade era como agulhas perfurando os olhos. Onde anda a coroa do Rei, coberta de rubis e pedrarias? A lauta mesa dos festins romanos? O rio de água fresca para mergulhar a cara e limpar a sujeira do corpo e da alma? Quantas vezes foi necessário dizer que judeu não se chama Oliveira e nem Vasconcelos e que João é nome cristão batizado nas Santas Águas da Madre Igreja Católica Apostólica Romana? Pois o garçom do bar jurara entre duas bofetadas que ele estivera bebendo cerveja lá e que o rapaz nunca fora judeu. A amante confessara que o outro esteve todo aquele tempo aconchegado nos seus braços, na sua cama e que depois dormira como um justo, só sabendo do crime pela televisão. O funcionário público garantira não ter arredado pé da repartição e a prova estava no relógio-ponto, e que nenhum colega o vira sair sequer para comprar uma aspirina na farmácia. A estudante assistia a uma aula de física e o seu próprio professor atestara a verdade disso.

Mas havia os que não lembravam de nada.

– Às tantas e tantas horas? Sei lá, nunca sei as horas. Tenho a vaga impressão que estava na avenida Nossa Senhora de Copacabana, vendo vitrinas e fazendo hora para a sessão das quatro.

– Um homenzarrão desse tamanho vendo vitrinas! É costureiro, por acaso?

– Não senhor, estudante de Arquitetura.

– Ah, Arquitetura! Temos lá boas biscas como você. Pois então, vendo vitrinas...

Um outro não se lembrava se ficara em casa, sozinho, ou se estivera com a namorada, ou se ouvira discos na casa de um amigo.

– Que amigo? Dê logo o endereço do amigo.

– Não vou envolver ninguém nesse negócio. Se o senhor não acredita, me deixe ficar aqui até as coisas clarearem.

– Se eu lhe desse um par de bofetadas agora sei que terminaria delatando a própria mãe. Vocês são muito valentes até a primeira porrada no lado do ouvido.

Um policial de cabelo branco e mangas de camisa interferiu sem muito interesse:

– Dimas, larga este imbecil e manda buscar aquele barbudinho da Medicina. Esse aí não tem cara nem jeito de matar uma mosca.

O barbudinho foi trazido aos empurrões. Afinal, o tribunal regular era mais escuro e sujo do que pensava. Os juízes sem toga cheiravam a suor e a sarro de cigarro barato. Reparou desde logo que o Cristo do crucifixo não tinha cabeça. A base das paredes guardava a marca de antigas cusparadas e as cestas de papel usado transbordavam de lixo. Os homens bebiam água de uma jarra de plástico, usando copos de papel. Mas nunca ofereciam aos presos. Com sede, eles confessam logo.

— Seu nome, diz aqui na ficha, é Emanuel Cisneiros. Tem 24 anos e participou de ações subversivas em Montes Claros.

— Nunca estive em Minas...

— Cala a boca! — E virando-se para o companheiro que acendia o cigarro: — Montes Claros fica em Minas, João?

— Dizem. E o que importa isso? Lê o que está na ficha que é o certo.

O interrogador se voltou irritado para o barbudinho:

— Você é um veado muito grande, sabia? Diga quem estava com você naquele carro quando metralharam o oficial alemão.

— Mas dizer o que, se eu fiquei sabendo da notícia pelo rádio? Não tenho nada que ver com isso, palavra de honra!

— Palavra de honra! Como se um verme como você, um veado vagabundo, tivesse alguma honra, ora bolas! É melhor confessar logo por bem. Ali do lado há uma sala especial para os teimosos. E já está lá um rapaz que confessou que você estava no carro e foi quem puxou o gatilho daquela metralhadora.

— E o senhor acreditou?

— Eu não estou aqui para acreditar ou não. Estou aqui para saber quem praticou este banditismo, seu cão!

– Mas está batendo em porta errada. O senhor, com isso, deve estar perdendo tempo. Quem matou mesmo deve estar longe...

– Ah, deve estar longe. E como é que você saberia disso se não fizesse parte da quadrilha? Vamos, diga!

– Bem, eu acho...

O telefone tocou e o mais velho atendeu:

– Boa noite, doutor. Estamos, sim. Mais da metade. O quê? Ah, mas isso até que está ficando bom. Não me diga, doutor. Pois que tudo corra bem. Vamos ficar na escuta na rádio da Central mesmo. Até logo, e que pegue de uma vez esses canalhas. – Largou o fone no gancho e falou para os outros que escutavam a ligação: – Vamos recolher estes cafajestes no xadrez. Todo mundo. E olhem, sopinha só amanhã de manhã, com garçom de luvas e casaco branco.

Começaram a ser empurrados e de outras peças vinha o alarido dos presos, a mistura de ordens e contraordens. O velho passou um lenço pardo na testa, dizendo sorridente:

– Já estamos na pista deles!

A noite fora trancafiada com todos eles naquela cela vertendo água e cheirando o mofo. Quando a luz fraca do corredor se apagou, a escuridão era tão grande e opressiva que a maioria deles se deu as mãos, formando uma corrente de vida e evitando a sensação de cair no vácuo, de flutuar no espaço hostil, ora deitados no dorso de gigantescos corvos, ora agarrados às patas de monstruosos morcegos hematófagos. Não sabiam o que dizer e nenhum deles reconheceria uma voz a seu lado. O frio do piso de cimento feria a sola dos pés descalços, começando a invadir as pernas e os joelhos, e o desejo de todos era estender o corpo exausto no chão e dormir, fechar os olhos, desligar-se da pesada, opressiva realidade. O espaço era limitado demais para isso. Havia ainda um grupo de doentes e de mendigos, dormitando encharcados na própria urina. Sem que fosse preciso dizer uma só palavra, transmitindo mensagens apenas pelo latejar das artérias dos pulsos, eles sabiam que o melhor seria sentar no cimento, ombro contra ombro, em grupos de quatro ou cinco, pressionando os joelhos para manter o equilíbrio e multiplicar o calor que se esvaía. Protegeriam, assim, o sono que viria. Na cabeça de cada um a presença de alguém que ficara lá fora, que morria de susto e de medo. "Mãe, vou passando muito bem. Fique descansada. Um pouquinho de sede, nada mais. Não me bateram e amanhã volto para casa. Os coitadinhos dos policiais estavam muito cansados e loucos para voltar a casa e brincar com suas crianças. A senhora sabe, a gente se apega muito às crianças. Eles também."

Apenas o menino judeu tinha os lábios partidos e ainda estava algemado. Quando parecia dormir, gemia. De início chorara, mas se sabia disso porque fungava muito e tentava limpar o nariz e os olhos com a manga da camisa. Se não fora ele quem matara o oficial alemão, quem mais teria tantas razões para odiá-lo assim?

"Paga-se pela lógica, senhor promotor, e este é o preço sem nenhuma barganha menos moral que se deve pagar para defender esta pobre sociedade tão desamparada e doente. Os mendigos tinham o sono agitado e roncavam, às vezes esboçavam um princípio de desentendimento. É muito lamentável tudo isso. Saibam que até o Cristo, aqui nesta masmorra, não dispõe de olhos para chorar. E mesmo não valeria a pena. O Cristo foi terrivelmente mutilado e as suas feridas são agora maiores e mais sangrentas."

As noites, às vezes, se eternizam. Algumas chegam a ter a duração de anos. Outras se prolongam por séculos. Ou se teriam passado dois mil anos e os homens abandonado suas vestes talares, suas peles de carneiro? Era difícil acreditar. Os mares foram todos singrados de Norte a Sul, de Leste a Oeste, os ares invadidos por sólidas máquinas de pulsar mecânico. Um enigma, a duração de certas noites. Mas o essencial é que todos eles foram soltos, ou quase todos, muitos retornaram ao seio materno para o suave embalo ao som dos cantares infantis. Outros regressaram às aulas interrompidas e se perguntavam perplexos: então o homem já alcançara triunfante e orgulhoso o espaço cósmico, já o transpusera desprovido de asas, ao impulso tão somente de sua inteligência, levando a outros mundos e a outros planetas a terna mensagem de sua civilização? Os que reencontraram suas amadas ficaram surpresos de encontrá-las ainda frescas e juvenis, e então se aconchegaram ao calor dos seus braços e esperaram inermes a velhice que se anunciava paciente.

As noites, às vezes, se eternizam.

O Gato no Escuro

Estranhamente esverdeado e fosfóreo,
Que de vezes já o encontrei, em escuros bares
submarinos,
O meu calado cúmplice.

Era quase uma realidade palpável. Ele fechava as janelas, corria as cortinas, apagava a luz. Junto ao chão, no canto da parede, os olhos luminosos do gato. Nas imediações, um silêncio pesado. Dentro e fora de casa. Muito raramente se ouvia o vento entre as casuarinas – como a desarmonia de milhares de gatos mansos em seus miados noturnos – e a intervalos espaçados, o ruído de pés caminhando dentro da noite, enquanto ele se encolhia debaixo das cobertas, suando, mesmo nas épocas de muito frio, vendo no escuro os dois pontos luminosos, vítreos, como que impregnados de inconsciente maldade ou ainda o faiscar de terror do bichano imprensado entre aquelas paredes, sem meios de fuga.

Mas ele devia enxergar os seus olhos de fogo na escuridão do quarto, aterrorizando-se também, e assim atravessava a madrugada em silêncio, sem que nenhum deles tomasse a iniciativa de caminhar alguns passos, em mútua procura, ou quem sabe tentar ultrapassar a fresta da janela por onde entrava o frescor da noite ou abrisse a porta e com ela o mundo, grande e estranho, que começava no primeiro degrau da calçada. Era a escuridão ambiente rasgada por dois focos de luz que se cruzavam como espadas frias e ameaçadoras, naquele exíguo espaço de cortinas corridas e o frêmito inquietante de respirações invisíveis.

O dia apagava as visões. Ele não enxergava mais os olhos do gato, nem o bichano eriçava os pelos ante a ameaça dos olhos humanos que o prendiam naquele espaço diminuto por intermináveis horas, num duelo mudo e tenso. Contra a luminosidade da lâmpada de cabeceira, enquanto a insônia persistia, as pupilas do animal se tornavam opacas, fundindo-se na escassa claridade da peça. Era como se nada mais houvesse. Nem olhos, nem corpo, nem o ronronar asmático, que às vezes significava a existência de vida, uma realidade palpável. Ao premir o botão do interruptor, era como se uma dupla chave fosse acionada. Eis que de um lado acendiam-se as luzes daqueles diabólicos olhos do gato, clareando do lado dele os outros dois focos de fantasmagoria.

Quando a manhã ia alta, o homem vasculhava os cantos, abria as portas do armário, espiava debaixo da cama, abria as janelas para que o ar do dia e a luz do sol varressem para sempre o estranho animal que se acuava a cada noite, a temer os olhos do homem, a despertar o terror naquele outro ser que começava a desaprender a contagem do tempo. Mas ele sabia que finalmente o sono viria para rendê-lo e, logo depois, o gato partiria em sua direção, pés de seda, silencioso, percorreria sua cama, exploraria os seus cheiros e depois de satisfeito retornaria com seu par de olhos na espera inesgotável de que seu adversário acordasse em plena noite e assim recomeçassem a terçar armas no mistério da densa escuridão. O gato no seu canto, ele naquela espécie de útero que não tinha paz nem calor.

Até que o medo cedeu. Abrandou-se. O homem apagou a luz, esperou tranquilo que a escuridão ganhasse consistência e que de seu canto começassem a brilhar as duas tochas que zelavam pelo seu terror de noites continuadas. Afastou de si as cobertas, deixou-se escorregar para o chão de tábuas gastas pelo tempo, numa lenta viagem que teria por fim o par de olhos mortiços, amarelados, mansos, imóveis como se fossem de vidro. Mas ele sabia que, por detrás das córneas petrificadas, havia o fremir de um animal de diabólicas entranhas, quem sabe até na fria disposição do salto mortífero que a tudo poria um ponto final.

No fundo, o homem sentia no coração um leve triunfo ao saber que seus olhos cresciam de encontro ao que lhe apavorava e que o mistério era duplo e que para o animal a noite era pesada e cruel, dentro e fora de casa, exceção feita ao vento que provocava gemidos na casuarina, e talvez o ruído que de vez em quando marcava os passos de alguém que passava pela rua, sem destino certo.

Bastaria estender o braço, levar a mão assassina até o animal que se mantinha quieto. Seus dedos tocaram nos pelos macios, apalparam sua cabeça forte, o pescoço rijo, notou que a luz dos olhos esmaecia, um lento piscar de branda entrega, enfim, ele entre suas mãos, prisioneiro de seu horror e de seu ódio, como se bastasse apertar os dedos para que a luz do sol penetrasse de um golpe pela janela trancada.

Suas mãos, em forma de garra, sujeitaram o animal de encontro ao chão, até que seus olhos se apagassem e dele nada mais se ouvisse a não ser a ronqueira do último estertor. O vento sibilou por entre as frestas das janelas. Ouviu passos nas pedras da rua. Alguém parara diante da porta e agora batia com os punhos fechados na madeira forte e pronunciava palavras que ninguém entenderia. O sangue pegajoso escorria-lhe pelos braços, e a massa que ainda triturava entre os dedos em forma de garra já não lhe dizia nada, não lhe transmitia nenhuma sensação de medo ou de pavor, de asco ou de tristeza.

Até que o dia atravessou as cortinas e o encontrou no mais profundo sono, cabeça tombada sobre um braço, corpo largado, ressonando em paz. Ao acordar, ele não saberia dizer o quanto ficara mergulhado naquela morte aparente. Mais uma vez era noite e, através da luminosidade mortiça de seus próprios olhos, pôde ver o sangue que manchara o chão de tábuas roídas pelo tempo e o animal que se deixara abater sem um movimento de defesa. E a peça só mergulhou outra vez na escuridão depois que ele cobriu o rosto com as mãos enodoadas, apagando a luz que enchia o gato de terror.

A Doce Luz Verde

Entre os Loucos, os Mortos e as Crianças,
É lá que eu canto, numa eterna ronda,
Nossos comuns desejos e esperanças!...

"O Brado de Guerra" trazia uma nova mensagem de paz. Uma lista de promoções. Trechos escolhidos da Bíblia. Artigos evangelizadores assinados por altas patentes estrangeiras. O desenho de dois anjos, a bico de pena, emoldurando um soneto sobre a felicidade dos homens sobre a Terra.

Como o calor era intenso e sufocante naquela zona do cais, o agrupamento decidira substituir a panela que "está fervendo" por caixas de isopor cheias de gelo. Três praças de pré, com seus humildes fardamentos sem insígnias, tocavam seus instrumentos desafinados, enquanto o suor escorria pelos seus rostos curtidos. Violino, banjo e flauta doce. Um cabo, de cabelos brancos e óculos na ponta do nariz, batia com dois pratos enferrujados toda a vez que o sargento lhe dava uma leve cotovelada. Mas o que de fato importava era a mensagem de Cristo. Os estivadores, que dormitavam após a boia fria, limitavam-se a espiar, de vez em quando, as pernas roliças e bem feitas da sargento.

Ela se chamava Marinalva Tibiriçá, embora o sobrenome fosse postiço, inventado por seu pai, que na ocasião buscava uma saída para o nascimento extemporâneo da menina. Muitos pensavam que ela descendesse de índios. Pele escura, um tipo de jambo carregado, cabelos negros e lisos, além de grossos, malares salientes e olhos rasgados. Mas o que despertava a atenção dos trabalhadores naquela que comandava o pequeno grupo era o corpo quase perfeito, ancas largas, seios fartos e um par de coxas que eles adivinhavam aconchegantes por sob a saia reta, azul-marinho, parte de seu fardamento.

Ela ingressara no Exército da Salvação depois de uma noite cheia de presságios e angústias, quando seu corpo moído pelo exaustivo trabalho doméstico buscava o Senhor para nele repousar. No meio da noite de raios e trovões, Marinalva viu quando sua pequena janela abria-se de par em par e por ela penetrava uma doce luz verde, carregando atrás de si cintilações de ouro e prata. Ela percebeu, num átimo, que só poderia ser o Cristo revivido, o próprio Deus que invadia generoso o recesso de sua intimidade.

Possuída pelo Ser Supremo, Marinalva desmaiou de paz celestial, enquanto lá fora a chuva tamborilava pelos telhados, encharcava a terra que rescendia a húmus e penetrava por debaixo da porta. Só depois que a luz perdera o verde inicial, passando a uma tonalidade alaranjada, sem brilho, foi que ela percebeu que fora o alvo de um milagre, numa série de outras aparições, inclusive em noites tranquilas, céu cheio de estrelas e não raro banhadas de estranho luar.

Era a mensagem com que tanto sonhara. O caminho lhe fora indicado pelo dedo do Todo-Poderoso. E foi assim que bateu às portas dos mensageiros do Senhor, inscrevendo-se entre suas hostes para combater o bom combate. Levava o corpo e o espírito preparados. Seria a sentinela indormida dos Evangelhos onde fosse preciso um intérprete da verdade que não era mais lembrada. Liam a Bíblia, capítulos e versículos escolhidos, cantavam hinos e salmos, pediam para aqueles que não tinham nada um pouco dos que tinham alguma coisa. Na trempe, a panela simbólica sempre fervendo, numa singela demonstração de fé.

Nove meses depois daquelas aparições da doce luz verde, Marinalva dava à luz um menino belo e sadio que recebeu na pia batismal, através das bênçãos de um coronel, o nome de Jesus. Era o fruto de sua conversão. Promovida a cabo por merecimento, depois da terna homenagem ao Rei dos Reis, a moça cuidava do primogênito e pregava a palavra das Sagradas Escrituras. A terceiro-sargento, quando Jesus completou um ano de idade e engatinhava nas lajes das calçadas enquanto a mãe cantava os salmos, embevecida com o menino que já se embarafustava entre as pernas dos transeuntes. A segundo-sargento, quando escolheu a perigosa zona do cais para as suas pregações, no comando de mais cinco mensageiros do Senhor neste vale de lágrimas.

Até que anunciou ao comando o seu desejo de morar num tugúrio em terreno baldio, nas proximidades de sua zona de ação, a fim de ficar mais perto daqueles que dela necessitavam. Tudo construído com suas próprias mãos, latas e tábuas arrebanhadas aqui e ali, caixas de papelão abertas ao meio, finos cobertores de algodão, para que Jesus sobre eles dormisse o sono dos anjos. Durante o inverno a panela fervendo. No verão, a trempe era guardada e os estivadores passavam pela banda, ganhavam uma pedra de gelo para passar na testa molhada de suor, olhavam para os seios da sargento e retornavam menos tristes para o duro trabalho de sempre.

Alguns levavam "O Brado de Guerra", recebiam ajuda daquele posto avançado da evangelização, enquanto Marinalva cuidava de Jesus que dava os primeiros passos. Nas sobras de tempo ela percorria as ruas próximas, batia em cada porta e no fim da jornada fazia as contas, o balanço da generosidade alheia, recolhendo roupas de lã nos meses de verão forte e roupinhas leves quando o frio varria as ruas e as árvores desfolhadas. Os estivadores não careciam dos arrecadados, mas apareciam aqui e ali os tristes papeleiros, que juntavam tudo o que lhes caía nas mãos e desapareciam com a felicidade estampada nos olhos machucados das longas noites maldormidas.

Até que a sargento Marinalva compreendeu que aqueles homens do cais não se interessavam pela comida nem pelas roupas velhas. Eles estavam vazios de amor. E durante a noite eles se arrastavam como vermes, mendigando um breve aconchego com a mãe do menino Jesus. Ela os afastava repetindo as palavras sábias dos apóstolos. Não os odiava pela ousadia das mãos ásperas em busca de seu corpo, pois a Bíblia lhe havia ensinado que a carne era fraca e forte era a cobiça pela mulher do próximo, ela que havia contraído matrimônio com Nosso Senhor Todo-Poderoso.

Passou, então, a ter novas e magníficas visões durante as noites, quando a mesma doce luz verde voltara a visitá-la piedosa, como no Apocalipse, enchendo-a de graça. Marinalva era possuída pelo Espírito Santo e nessas ocasiões ela ouvia entre as palavras vindas do alto a música nascida de sua fiel orquestra, feita com banjo, violino e flauta doce. No grande momento o estrugir dos pratos meio enferrujados. Sabia que tudo aquilo era a antevisão do que lhe aconteceria na Corte Celestial, quando fosse chamada para os braços do Grande Pai, Senhor do mundo.

E, noite após noite, a doce luz verde iluminava suavemente aquele barraco, que abrigava seu corpo em chamas e o menino Jesus que ressonava inocente a um canto. Até que a panela deixou de ferver pela pouca fé dos homens, que como formigas carregavam de sacos o ventre dos navios ancorados, indiferentes aos salmos e hinos, a Marinalva que via o menino Jesus crescer rapidamente, a distribuir aos passantes o jornal que levava para todos a palavra de Cristo, restituindo a esperança em todos os corações. Muito raramente o Espírito Santo aparecia em forma de luz verde, doce e cálida, enchendo de felicidade aquela manjedoura perdida entre a assombração das silhuetas de chaminés e guindastes.

O menino Jesus retornava ao cair do dia, entregava os trocados à mãe e aguardava ansioso o momento em que pudesse ingressar nas fileiras daquele bravo exército de poderosas tropas, arregimentadas para o duro e indormido combate ao pecado, às maldades e ao fogo do inferno. Os soldados se diluíram em outras bandinhas, ninguém mais vinha trazer os números do jornalzinho da verdade e da vida, os estivadores passavam de largo e até o menino Jesus, grandinho, desaparecia por dias e dias, entregue aos perigos de um mundo cheio de maldades. Ela passou a ser apenas Marinalva de Jesus, corroída pelo tempo e pelas intempéries, preparando as suas coisas de pouco comer, sofrendo as batidas da polícia, embora em seus sonhos, cada vez mais escassos, ainda ouvisse a melodia do Hino 325, que dizia Hosanas, Hosanas nas alturas, os céus e a terra estão cheios de sua glória.

Numa noite de tênue claridade, ela percebeu que a doce luz verde, entremeada de tons de ouro e prata, vinha do mar e que o Senhor, de lá, movia a mão direita, acenando para ela, chamando para o seu seio o velho e combativo sargento de tantas pelejas. Do alto vinha a melodia que era quase a voz de Nosso Senhor, chamando-a para as divisões do Além. Rebuscou florzinhas esparsas que encontrou no caminho e com elas, pobremente, enfeitou os cabelos como se fossem guirlandas festivas e iniciou a descida rumo às águas, pelas escadas velhas e limosas da doca e que se perdiam nas profundezas do abismo, onde flutuavam cascos de terras distantes, quilhas de misteriosos barcos sem nome.

Desapareceu na noite e nas águas, ante o olhar indiferente dos homens que por ali andavam, sem destino, guardando na memória apenas o resto de beleza das flores que ficaram boiando à superfície, na marcação do caminho pelo qual ela seguira em busca daquele que está sentado à mão direita de Deus Pai, Onipotente e Sempiterno.

Quando Jesus retornou ao cais, em busca de Marinalva, os rudes trabalhadores se limitaram a deixar por breves instantes a sua faina e suas marmitas, apontando para o lado do mar que se perdia no horizonte como a indicar para o menino espantado o rumo tomado pela sargento, no cair das sombras de um dia qualquer. Ele sentou nas pedras, apoiou a cabeça sobre os joelhos e chorou. E todos recuaram diante do estranho halo de luz verde que o envolveu.

A Morte da Velha

Pra que partir? Sempre se chega, enfim...
Pra que seguir empós das alvoradas
Se, por si mesmas, elas vêm a mim?

Do quarto se ouvia a voz da nora discutindo, barulho de talheres e o cantarolar da empregada na cozinha. O mormaço da rua filtrava pelas venezianas e aquecia o quarto em penumbra. A velha parecia morta sobre a cama branca, colcha de crochê bem esticada, a mesinha de cabeceira cheia de vidros e copos e uma cadeira Luiz XV esperando que alguém a usasse durante as visitas caladas e breves. Da cama ela acompanhava o movimento da casa, identificava os menores ruídos, a fala mansa do filho pedindo as coisas, a nora de voz áspera e sempre irritada, e adivinhava, com alguns segundos de antecedência, as horas batidas pelo relógio de carrilhão.

Na maioria das vezes a velha sabia se estava acordada ou se os rumores faziam parte da madorna inquieta das longas noites sem madrugada. Sentia na cama a trepidação dos carros nas pedras da rua e, quando abria os olhos – nunca sabia se era dia ou noite –, vislumbrava o filho sentado na cadeira, sem rosto, mãos abandonadas sobre as pernas, e os dedos ágeis da nora alisando a colcha e puxando os lençóis. Ela não conseguia entender as palavras abafadas, mas, mesmo de olhos fechados, via sempre a luz em forma de lampião, sobre a cômoda, refletida no espelho de cristal e banhando o quarto de uma luminosidade mortiça e fria.

Quando se sentia por demais exausta, bastava espremer os olhos para entrar numa espécie de limbo, onde as coisas não tinham forma e nem cor, onde não havia movimento e só os sons muito distantes conseguiam chegar abafados. Então parecia dormir e as portas e janelas se fechavam e o tempo não mais existia.

O filho sem rosto. Fora assim desde menino. A velha podia, agora, passar a fita de cinema de toda a sua vida. O marido chegando em casa ao cair da tarde, depois de um dia inteiro de andanças a cavalo, um belo cavalo branco com pintas de tordilho. Ele apeava e entregava as rédeas para o primeiro que chegasse. O animal cansado e com a tábua do pescoço banhada de espuma de suor, esgaravatando a terra do pátio, sacudindo as longas crinas. Depois ele corria gritando pelo filho e o levantava no alto e rodopiava de alegria. O menino apavorado, os grandes olhos saltados, ameaçando chorar.

Os dedos da nora mais uma vez esticando a coberta e a algaravia de protestos contra o filho sem rosto que se fundia na cadeira de espaldar. A velha não abria os olhos, mas enxergava o quarto nos seus mínimos detalhes. As venezianas sempre fechadas e a luz pálida sobre a cômoda. Por mais que tentasse não conseguia ver o rosto do filho. Vislumbrava apenas a cara amorfa do menino. A figurinha triste e tímida, os grandes olhos na face descorada. Tardes de sesta na casa grande, com o chiado das cigarras. Os corredores ensombrados e as tábuas do assoalho recém--lavadas com sabão e escova.

Um dia o cavalo branco chegara sozinho, trazido por mãos de estranhos e, no fundo de uma carroça, o corpo do marido. O prefeito e o delegado trazendo pêsames, as mulheres amigas tomando conta da casa e do menino, que não chorara uma vez sequer.

A velha agora se lembrava bem do menino naquele dia. Parecia até que o pai voltara como das outras vezes, quando ameaçava jogá-lo contra o teto. Ele não olhou para o pai morto e continuou brincando com as caixas e rodas, indiferente a tudo, sem espantar-se com o desespero da mãe e a lamúria das amigas. E, no entanto, o pai estava ali, mudo e branco, sem poder erguê-lo nos braços e sem revelar a surpresa de cada dia, uma forquilha para a funda, um alçapão de arame, um laço de dez rodilhas, um trabuco.

A velha ouvia agora a voz da nora ralhando com seu menino. Tentou vê-lo, mas via apenas as mãos caídas sobre os joelhos, o corpo gordo derreado na cadeira. Depois, o quarto vazio e a voz da nora se perdendo nos corredores da casa.

Sempre a mesma voz, impaciente e irada. Em determinadas horas ouvia o rascar do escovão limpando as tábuas do assoalho e o cheiro de sabão misturado com o pó recém-molhado. E o seu menino a um canto, sentado no chão, empilhando caixas e girando rodas. Viu quando a nora o levou corredor afora; quando abriu de par em par a grande porta da frente, deixando entrar o ensolarado da rua. Sim, lá estava o cavalo branco com pintas leves de tordilho, esgaravatando a terra solta e sacudindo as crinas. Conteve um grito de terror, quando viu o menino tão pequeno e indefeso, montado no cavalo branco, com as grandes narinas a espirrar vapor, e o pai ausente ou entalado no mesmo caixão de franjas roxas.

Menino e cavalo partiram. Apenas a voz da nora regressando e, mais uma vez, os seus dedos ásperos esticando a colcha da cama e logo depois abrindo as venezianas. O sol inundou o quarto e a velha sentiu como um pontaço de faca nos olhos, cegando-a.

Finalmente fecharam as janelas e o quarto voltou a mergulhar nas sombras. A velha perscrutou em redor e não viu mais a cadeira e nem as mãos do filho repousando sobre os joelhos. Ele havia sumido com o cavalo branco do pai. Não sentiu vontade de chorar porque era uma história perdida no tempo, mas sentiu que odiava o cavalo branco que roubara os dois e que enchia de vapor expelido pelas narinas, o quarto terrivelmente vazio. Perdidos na distância o marido alegre e folgazão, o menino casmurro e medíocre.

Pois dormiria, agora. O casarão estava em silêncio e a rua abandonada, não produzia nenhum som mais. As pálpebras pesadas e as mãos frias. O limbo que retornava para ficar, afugentando as cores e as formas.

Adivinhou a nora, pela primeira vez calada, espiando por uma frincha da porta.

Deus Salve a Rainha

Na janela
A lua.
No relógio
O tempo.
No tempo
A casa.
E no porão da casa?

Os carros de radiopatrulha andavam, por certo, caçando as pombas da Cinelândia. Todas pareciam ter recebido mensagens telepáticas de outras pombas e o alarma, como era natural, generalizou-se. As mensagens diziam que nenhuma pomba poderia deixar-se apanhar na armadilha de certas pessoas inescrupulosas que as atraíam oferecendo migalhas de pão. Estariam a serviço da polícia e enquanto as engambelavam jogando farelo sobre as pedras, na certa sabiam, até aguardavam que os carros silenciosos cercassem o quarteirão e deles saltassem centenas de guardas atirando com suas armas, lançando bombas de gás lacrimogêneo ou abrindo finas redes de malha para capturá-las todas.

Elas revoluteavam em grandes e maciços bandos, ora pousando temerosas nos altos bordados da cúpula do Teatro Municipal, ora buscando as platibandas da Biblioteca Nacional, de onde alargavam a visão da praça de guerra, ora nas frinchas e beirais dos pardieiros onde se abrigavam os cinemas e os teatros. Cada ruflar coletivo de asas era como sinal de tambor dos pretos africanos. Sentia-se no ar o nervosismo que havia tomado conta dos pássaros e que levava os pardais a se ocultarem nas grossas folhas das amendoeiras. Bandos de outras pombas voavam no céu luminoso, buscando as reentrâncias do Monumento aos Mortos da Segunda Guerra Mundial. Ou escapavam, flechadas, para o rendilhado casario da Lapa, onde se diluíam em telhados coloniais. Algum secreto sinal morse estaria funcionando como alerta e os animais captavam as mensagens e protegiam as suas vidas.

E tudo se comprovou. As radiopatrulhas chegaram em levas e os policiais, saltando dos carros, olhavam para a debandada, achando graça dos seus temores. Sem perda de tempo, meteram mãos à obra no trabalho e com olhares experimentados de caçador vislumbraram, num relance, onde a caça poderia estar e como chegar até ao alvo visado sem risco de grandes perdas. Eles sabiam, como os puxadores do xaréu, que a rede deve ser lançada com engenho e arte e quando estiver grávida de peixes, pesada e inamovível, o recurso é cadenciar a puxada e despejar na areia da praia o apanhado. A missão era definida. O objetivo, limpar a cidade de mendigos e de vagabundos. Mas se os bichos pressentiram que algo de anormal havia pelos ares, os mendigos e os desocupados só tiveram sentido e olhos para o medo das pombas e dos pardais. Seus olhares doentios procuravam, pelo céu, o motivo daquele nervosismo e esperavam, a qualquer momento, que milhares de gaviões famintos apontassem por entre o topo dos edifícios e caíssem sobre as indefesas pombas, como gaivotas que fecham as asas ao perceber o reflexo prateado à flor da água e siam diretas como um dardo. Onde os gaviões, dos quais as pombas fugiam apavoradas e, por causa deles, se entocavam, caminhando lépidas e atentas nos altos dos capitéis e dos beirais?

Quando se deram conta de que o perigo desembocava nas ruas e avenidas, sendo terrestre a ameaça, já era tarde. Os infelizes não dispunham de sentinelas, nem de tambores africanos. Seus nervos ópticos eram ligados diretamente ao estômago e a visão de lince funcionava apenas para a comida jogada nas latas de lixo dos luxuosos restaurantes. Eram homens, os caçadores, e a caça alertada pelo perigo – os mendigos com as suas feridas e aleijumes – rodopiava medrosa pelos passeios e recantos da praça, na busca desesperada de uma saída qualquer, de uma brecha na redada apertando o cerco. Outros ficaram onde estavam. Não sabiam correr e as pernas doentes não os levariam muito longe. Para fugir, precisariam arrastar-se pelo chão, como répteis, e os policiais os alcançariam num átimo com a sua agilidade de atletas.

Ficaram inermes, conformando-se com a sorte. Não eram gaviões, os infames, mas homens. As pombas livres, arrulhando; livres os pardais. E a caterva sendo impiedosamente empurrada para dentro das camionetas gradeadas, encurralada como bichos e tangida como ovelhas tresmalhadas.

Mas alguns bagres conseguiram varar as malhas da rede e se aproveitaram da confusão para tentar a fuga. Capengueando, coxeando, oscilando como bêbados, conseguiram desaparecer dos olhos dos caçadores cruéis e escapuliram por becos, ruas e vielas, muitos subiram as escadarias imensas da Biblioteca Nacional e se abrigaram no grande patamar de ladrilhos, protegidos pelos balaústres de cimento dos peitoris. Lá chegaram perdendo a alma pela boca, exaustos e mortificados, tontos, apavorados, trêmulos, desfalecendo, entocando-se nos desvãos em grupos de dois e três, aninhando-se nos próprios andrajos. O povo, nas ruas, aglomerava-se em torno dos caçadores, dificultando o trabalho de caça. Cidadãos bem-postos esboçavam gestos de protesto:

– Mas o que é isso, pelo amor de Deus? Onde estamos?

– Eles também são gente!

Os policiais mais graduados não botavam as suas mãos limpas naquela récua de sujos, apenas comandavam. Um deles afastava o público, gritando para ser ouvido em meio ao alarido, fazendo gestos imperiosos:

– Vamos andando, não queremos ninguém aqui parado! Todo o mundo a circular!

– Mas isso é uma iniquidade! – disse uma senhora bem-vestida, ao lado do marido.

– Seja o que for, vá andando, minha senhora. A ordem é para que todos circulem e não atrapalhem a operação. Todo o mundo a circular!

Os pombos inquietos revoavam de um edifício para outro, mas não desciam, desconfiando do vaivém da mole humana, que se comprimia nas ruas e na praça.

Os mendigos eram auxiliados a subir o degrau do carro e se ajeitavam nos bancos laterais. Agarrados às suas muletas e sacolas, aos embrulhos de jornal e às trouxas murchas. A operação exigia rapidez. Quando os velhos sentiam maior dificuldade para a escalada, surgia sempre do interior escuro da camioneta a ponta de uma muleta na qual eles se apegavam. E eram muitos mendigos, muitos vagabundos andrajosos. Para fechar a porta traseira, dois ou três policiais se ajudavam mutuamente, empurrando-a até que as trancas de ferro se ajustassem às argolas e o cadeado pudesse fechar sua garra. Então, o motor roncava junto com as sirenas estridentes e o povo abria alas para não ser atropelado. Enquanto não chegasse outro carro, os mendigos apanhados se aglomeravam nos passeios, tangidos pelos policiais, apoiando-se uns nos outros. Crianças de colo sugavam seios murchos e as mães abrigavam, nas saias rotas, o resto da criançada, e pareciam feras e rosnavam quando alguém chegava mais perto. "Isso tudo é filho de outras que elas trazem para ludibriar os incautos", explicava um inspetor, tirando o cachimbo da boca. Um popular disse "isso é uma vergonha", foi agarrado pela gola da camisa e falou gaguejando "eu disse que é uma vergonha trazer os filhos dos outros para pedir esmola", e foi solto com um empurrão. Uma senhora pediu a alguém que a ajudasse a atravessar a rua, pois sentia-se mal, "queria beber um copo d'água".

Outros carros partiram; ouvia-se a sirena de muitos outros abrindo caminho no trânsito. Minutos depois, voltou a calma e restou, na praça, uma gente de camisa limpa, todos os que calçavam sapatos ou sapatilhas, ou carregavam sob o braço uma pasta de trabalho. Até os camelôs, que haviam fugido ao primeiro sinal dos misteriosos tambores, parte de sua própria rede de avisos, voltaram e espalharam pelos passeios as mercadorias de sempre, apregoando suas vantagens e os habituais preços de liquidação.

A operação fora traçada no papel, como um projeto industrial ou como um plano de saneamento das finanças públicas. Zelosos generais não teriam sido tão minuciosos, nem tão precisos. Sobre os mapas da cidade riscaram zonas e designaram os agrupamentos das viaturas. As igrejas foram assinaladas com grandes círculos vermelhos. As praças, com riscos azuis. A Praça Paris fora ilhada com setas e círculos menores. Os carros se movimentariam em silêncio; a operação seria desfechada de surpresa. As sirenas só seriam usadas após a captura, assim mesmo para desimpedir o caminho com mais urgência. Cada viatura tinha um roteiro preciso e sabia, de antemão, onde despejar suas cargas. Em princípio, todos deveriam evitar a violência. Tratar a caterva com energia, mas com certa humanidade. Não deveriam bater em ninguém. Aos vagabundos rebeldes ou que tentassem resistir, a correção seria dada no xadrez, por turmas especializadas. Nenhuma interferência seria permitida. As ordens eram precisas e deveriam ser cumpridas com rigor.

Os homens foram distribuídos pelos carros e os carros começaram a rodar rumo às zonas preestabelecidas, traçadas no grande mapa geral. Tudo como se estivessem prestes a executar uma operação de guerra. A guerra contra a mendicância. Os mínimos detalhes examinados e discutidos. As sedes distritais sabiam de antemão o número de mendigos e de vagabundos que receberiam. O problema da comida já fora equacionado e, ao cair da noite, as verbas seriam entregues a cada um dos responsáveis. "Amanhã a cidade amanhece que é um brinco." Sub-homens e submulheres desapareceriam como por um passe de mágica. Ninguém veria, naqueles dias, o imundo espetáculo de chagas e aleijumes pelos passeios e nas escadarias das igrejas, nem pelos bancos das praças ou ao pé dos monumentos históricos. O representante do senhor secretário tomava um cafezinho:

– Vai ser como dar um banho de água e sabão na cidade.

– Pelos nossos cálculos, passarão dois ou três dias comendo e bebendo sem ter que escarafunchar as latas de lixo. Já é alguma coisa.

O inspetor-chefe da operação consultou o representante do senhor secretário, abrindo um mapa a sua frente:

– As crianças separamos depois, doutor? Eu acho melhor. Podemos levá-las provisoriamente para estes asilos e orfanatos – e apontava no mapa os estabelecimentos –, que lá se acomodam sem muitas dificuldades. Já falei com algumas das madres.

– O difícil vai ser a gente saber depois quem é filho de quem. Essa gente nem sabe direito o nome dos filhos, muito menos o nome dos filhos dos outros que eles carregam para pedir esmola.

– Bem, não temos outra saída.

– E vamos aproveitar todo o trabalho para uma triagem, doutor. Há muito malandro infiltrado no meio dessa gente. Muito malandro passando por cego para tirar vantagem.

A operação começara. Os carros saíam ao ronco dos motores, o chefe de cada viatura consultando o relógio para deflagrar a caçada na mesma hora, para que ninguém fosse alertado a tempo de fugir. Apenas os pombos, que arrulhavam nos telhados do Departamento Central, tomaram conhecimento do que se tramava. Somente eles foram alertados e transmitiram aos demais que algo importante e grave estava por acontecer.

O sinal de que o perigo passava foi mais uma vez dado pelas pombas. Elas voltaram ao meio da praça para catar migalhas, aos poucos abandonando o alto dos edifícios, e vinham arrulhar sobre a cabeça das estátuas de bronze. Muitas recuperaram a confiança de sempre, pousando nas mãos dos que jogavam pedaços de pão ou quirera de milho. Já se misturavam às crianças e não temiam mais por suas vidas. Voltara a paz. E o dia luminoso se prestava para isso. Os mendigos e vagabundos que se haviam homiziado no patamar da Biblioteca perceberam o sinal dado pelas pombas. Sentaram-se nos ladrilhos sob o sol fraco da tarde, espichando pernas e braços. Espiavam cautelosos pelos vãos dos balaústres e examinavam os seus pertences, abrindo pacotes e sacolas. Tinham os membros dormentes da longa imobilidade. Um negro sem dentes falou:

– Os tiras foram embora, gente.

– Eu sei – disse outro. – Mas, sem mais aquelas, eles voltam. Conheço bem essa raça!

– O diabo vai ser sair daqui para apanhar comida. Como é que vai ser, minha gente?

– O pior é a sede. Aqui em cima não tem uma bica.

Uma mulher grávida de seis meses, ou sete, passava a mão numa ferida do braço que se estendia do pulso ao cotovelo.

– Ninguém respeita mais nada neste mundo. Se tivessem me agarrado, eu acabava dentro do tintureiro e paria o filho lá dentro mesmo. Que se importam eles com aborto? É tudo uns animais!

Um mulato perneta riu com o trejeito e se dirigiu a ela:

— Como não fui eu que fiz o filho, quem andou gozando você debaixo da escada é que devia defender a cria. E deixa disso, eles não matam ninguém, nem iam chutar barriga de mulher prenhe.

Aos poucos, foram-se juntando, sempre sob a proteção dos balaústres bojudos do patamar. Catavam nos bolsos pedaços de cigarro e pediam fósforos.

— Quero ver é a cara dos que têm ponto nas igrejas. Eles não dizem que são os donos? Quando a gente chega perto, eles nos escorraçam como cachorros. E agora vai tudo em cana, essa é muito boa.

— Tomara peguem o velho barbudo da Candelária. Outro dia me correu de lá, o esfomeado. O que ele está pensando? Que tem papel passado, o cretino?

Dos seus mirantes, olhavam a Cinelândia e as pombas, os velhos aposentados matando o tempo que não tinha pressa em matá-los, as moças empurrando carrinhos de bebês, os namorados, a gente toda que fazia fila para entrar nos cinemas ou saía deles, aos magotes, espraiando-se pelas esquinas e cafés. Eram belas as árvores, a baía tranquila completava a paisagem de cartão-postal. A noite viera sem pressa e a massa de carros se avolumava rumo ao aterro.

Como sair dali para perambular em busca de trocados ou circular farejando as portas dos restaurantes e lanchonetes para apanhar as sobras? A polícia não se deixaria enganar. Os peixes perdidos do cardume seriam apanhados de anzol. Ao pescador a espera não incomoda. Faz parte do ritual. Distantes sirenas ainda se faziam ouvir em meio ao burburinho dos carros e às buzinas nervosas.

– Pra mim é algum figurão que chegou ou vai chegar.

– Não duvido. Começaram a embandeirar a avenida, olha lá, os homens nos postes.

Viram os homens trepados em longas escadas, amarrando bandeiras cruzadas nos postes de luz. Estendiam faixas com grandes letreiros invertidos, atravessando a avenida de lado a lado.

– Por que não deixam a gente ver o figurão passar?

– Se quer mesmo saber, por que não desce agora mesmo lá embaixo e pergunta ao Cosme--Damião?

– Sei lá – disse o perneta mulato –, de repente eles agarram a gente e resolvem não soltar mais. Dizem que é feio deixar estrangeiro ver a gente morrer na calçada.

– E quem é que morre na calçada, na frente de todo o mundo?

– Eu vou saber? Outro dia morreu uma velha no saguão da Central, na hora da cheia.

– Essa é boa. Morreu a velha como podia morrer qualquer grã-fino de colarinho e gravata. Você é besta?

Como a uma voz inaudível de comando, todos se abaixaram ao ver dois soldados passarem pela frente da escadaria, calmos e imponentes, as mãos trançadas nas costas. Os fardamentos cáqui, engomados, luziam. Mas não havia sinal de guerra. As pombas já se acomodavam e os pardais há muito dormiam entre a galharia das árvores.

Uma velha desentranhou bocados de pão dormido de uma sacola e limpava cada um deles na manga do vestido, colocando pedaço por pedaço sobre uma folha de jornal aberta sobre os ladrilhos.

Os outros viram os pedaços de pão sem nada comentar. A doida era odiada e dificilmente aceitariam qualquer favor partindo dela. Todos conheciam a sua história: dera mingau de farinha de mandioca-brava às três filhas, desprezando o que os vizinhos diziam: "Não dê, não, dona Maria José, que é mandioca-brava!". A mulher não ouvia o que diziam e se arrastava pelo barraco, descascando as raízes e moendo o miolo com um pilão. Os vizinhos, da portinhola, gritavam lá para dentro, sem enxergar ninguém: "Não faça isso, desnaturada, que vai matar as filhas!". Parecendo surda e muda ela moeu a mandioca e preparou o mingau, que as menininhas rondavam o fogão de tijolos no chão de terra batida e pediam o angu só com o branco dos olhos, não tinham mais forças para falar. Nem andavam; as moscas corriam pelos rostinhos sugando o muco do nariz e a umidade do canto da boca. A infame esfriara a sorda venenosa e dera uma porção para cada uma das filhas e as menininhas comeram com avidez. Quando a polícia chegou, alertada pelos vizinhos, as meninas ainda viviam e a mulher, embora chorasse como uma desesperada, tinha os olhos secos e deles não caía uma lágrima sequer. E na hora em que a levaram, gritava a plenos pulmões, ameaçando com o punho fechado os curiosos que se aglomeravam à porta do barraco, os mesmos que a denunciavam como se fosse crime dar de comer aos filhos:

– Bandidos são vocês, corja de canalhas! Eu tinha que dar comida para as minhas filhas, eu tinha que dar!

Quando a soltaram, anos depois, esmolava sempre no mesmo lugar e não dizia nada. Tudo o que conseguia cortava em quatro porções: comia uma delas e guardava as outras para as filhas que um dia ainda poderiam voltar, casadas e cheias de filhos, e levariam a mãe para casa porque "mãe, a mandioca não era brava. Era da boa, mãe".

Agora o grupo via os pedaços de pão dormido e ninguém acreditava que ela pudesse abrir mão da parte das filhas só porque a polícia andava caçando mendigos para limpar a cidade.

Na verdade, eles sabiam que eram prisioneiros. E não conseguiam pensar em nada, apenas sentiam que alguma coisa precisava ser feita. Um espanhol, conhecido por pedir esmola agressivamente, impondo generosidade aos outros, com uma estranha cabeça de homem de Neanderthal – atarracado, maçãs do rosto salientes, crânio pequeno e mandíbulas de jogador de boxe –, falou sem sair de onde estava sentado, pernas esticadas e muletas à mão:

– Eu acho o seguinte: o Ministério – um pernambucano que fazia pontos nos jardins do Ministério da Educação e quase sempre dormitava aos pés dos jovens nus de Bruno Giorgio –, o Ministério se ajeita melhor com o que a gente tem, alisa o cabelo, lava a cara e as mãos imundas, troca o chinelo cambaio pelo sapato melhor do Capixaba e quando for noite fechada vai buscar o que puder. Sendo um só, eles nem notam.

A ideia foi aceita. Quando a cidade começou a ficar deserta, o emissário especial já estava em condições de enfrentar o mundo de igual para igual. Usando o que de melhor o grupo dispunha, até que ganhara o aspecto de um honesto e pobre trabalhador voltando para casa. Faltava apenas lavar a cara e as mãos, que ali não havia água. Todos ficaram espiando, através dos balaústres, a figura digna e tranquila que descia as escadas como um príncipe. Com a cabeça fervilhando, Ministério procurava lembrar-se de como andam os homens comuns, onde colocam as mãos, para onde olham. Queixo erguido e passo firme, duas características de quem não pede esmolas. O mundo aberto diante de si e ele palmilhando um pedaço de rua como alguém que paga impostos ao governo, como quem desconta previdência todos os meses. Uma pedra autêntica daquele jogo de damas em que umas comem as outras, indiferentes se são pretas ou brancas, desde que a posição na jogada lhes dê esse direito. Pelo menos uma vez na vida assumia o difícil papel de alimentar os companheiros imobilizados pelo medo e pelas ameaças. E, como um homem, desapareceu entre as árvores imóveis, na noite abafada.

Muitas vezes ele repetiu o vaivém. Além da comida, trazia também latas d'água que eram passadas de boca em boca.

– Pois olha – informou no seu último retorno –, amanhã quem chega aqui é a Rainha da Inglaterra.

– Rainha de onde?

— Rainha da Inglaterra. Todos estão falando e a gente vai assistir ao desfile de camarote. Vejam só!

— Eu nunca vi uma rainha na minha vida!

— Nem eu.

Rodearam o emissário. Disse ele que a polícia estava preocupada com o desfile de carros pela avenida e que a noite passaria sem perigo algum. Despejou no chão o farnel catado aqui e ali e, no escuro do patamar, fizeram uma lauta ceia. Ministério devolveu o que não lhe pertencia e arrecadou de volta os seus andrajos. Era com eles que veria no dia seguinte a Rainha passando pela avenida festiva e embandeirada. A Rainha desfilaria com sua coroa cravejada de brilhantes e rubis, seu longo manto de arminho, naquela magnífica carruagem de ouro e prata puxada por três parelhas de fogosos cavalos brancos?

Quando a manhã chegou, ele ainda dormia enrodilhado sobre folhas de papel de jornal, um sono tranquilo de quem cumpriu seu dever, prestou um serviço à humanidade.

No dia que se anunciava alegre, na avenida Rio Branco, um camarote de honra aguardava a passagem do carro e da comitiva de Sua Majestade. Quando a multidão batesse palmas, ovacionando a visitante que passava devagar, entre os postes com bandeiras cruzadas e a neve de papel picado que se despencaria do alto dos edifícios, os mendigos esfregariam os olhos sem acreditar que era a própria Rainha da Inglaterra acenando para eles.

Por Deus, era Sua Majestade em pessoa quem eles viam naquele momento. Que deixara o seu império e o seu palácio, esquecera duques e barões, condes e cavaleiros da coroa, abandonara alfombras e curvaturas de súditos fiéis para percorrer o mundo e abençoar com os seus olhos azuis os habitantes de pobres e longínquas terras. Era a própria Rainha, do alto da sua incontestável nobreza, que desfilava naquele momento, precisamente naquele momento, frente às escadarias da Biblioteca Nacional. E eles jurariam que Sua Majestade olhara sorridente para cada um dos acuados e vira as mãos tortas e sujas de todos eles acenando timidamente através dos balaústres. Até a doida – ela que nunca tivera lágrimas – chorava com os olhos úmidos para a Rainha, acenando medrosa com o seu lenço rasgado.

O espanhol dava a impressão de olhar o vácuo e sua voz rouca repetia com unção a mesma frase ouvida em silêncio pelo grupo:

– Deus salve a Rainha!

E a grande mandíbula de sáurio se abria e fechava como se estivesse rezando uma obsedante oração:

– Deus salve a Rainha!

O Elefante de Jade

Já nem penso mais em ti...
Mas será que nunca deixo
De lembrar que te esqueci?

Escolhemos uma pequena mesa de canto para que ninguém nos visse ao passar pelo calçadão. Eu recomendara a ele, uma hora em ponto. Tínhamos sido pontuais como dois bons ingleses em Covent Garden. Ele perguntou se eu preferia uma mesa ali fora, pois, apesar do mormaço, vinha uma agradável brisa do mar e ainda passavam belas mulheres com leves saídas de banho, mas eu disse que era melhor sentarmos os dois num canto qualquer do bar longe do bulício e da eventual passagem de um amigo comum. Eu estava com a ideia fixa de não fazer nenhum papel ridículo. Mesmo assim puxei a sua cadeira, esperei que ele se preparasse para sentar e agi como um cavalheiro costuma fazer com as damas num lugar público. Depois que me sentei a sua frente comecei a rezar para que o garçom viesse logo e assim me desse uma deixa adequada para um início de conversa, que eu desejava fosse a mais breve possível.

Ficamos os dois a limpar migalhas de pão da toalha manchada. Ele disse:

– Não conhecia este barzinho. Bem agradável. Sabe como é, somos quase sempre os últimos a conhecer o nosso próprio quarto. Em geral as nossas viagens começam por um Oriente qualquer. Moro a dois quarteirões e nunca tinha reparado neste bar.

– É natural – disse eu, desafogado –, trata-se de um barzinho de gente jovem, não muito asseado e de segunda classe.

O garçom chegou e iniciou a limpeza geral, enquanto perguntava se íamos comer alguma coisa ou só beber. Comer, disse eu. Peguei o cardápio envolto em plástico e no passar dos olhos vi que fora do filé com fritas não havia salvação. Lasanha e alguns outros pratos de massa. Pizzas e uma estranha rabada com purê. Disse a ele que honestamente nada daquilo me apetecia. Ele sugeriu:

– Quem sabe um sanduíche aberto e chope?

– Fechado o negócio. E depois, desconfio que qualquer outro prato venha boiando num lago de gordura.

– Medo do colesterol?

– Não deixa de ser verdade, mas com esse calor prefiro coisa mais leve.

Ficamos um lapso de tempo calados. Eu buscava um jeito habilidoso de entrar no assunto que fora apenas abordado de longe, ao telefone. Arnaldo era meticuloso e tudo na sua vida transcorria dentro de métodos e princípios. Fora assim desde o ginásio, quando repartíamos a mesma classe e disputávamos a mesma namorada. Seria gentil de minha parte perguntar pelo seu trabalho, seu consultório, mas percebi de repente que seria imbecil perguntar a um médico de sucesso como ia de profissão. Buscar no passado distante algum assunto também não sentaria bem naquele momento, seria confessar o desbordamento do problema principal, por temor ou simples preconceito.

– Débora passou a noite com você – disse ele, surpreendentemente direto. – Ela não pretende voltar mais?

– Pois é verdade – confessei –, Débora chegou ontem lá em casa só com a roupa do corpo e me disse que dormiria lá. Ainda tentei convencê-la de que estava fazendo uma tolice, que pensasse melhor, afinal a gente não toma decisões tão sérias assim num repente.

– Mas ela foi irredutível, como sempre.

– Isso mesmo, irredutível. Aliás, você conhece Débora muito bem, sabe como é teimosa e como sempre foge de qualquer argumento mais sólido.

– Claro que a conheço, estou casado com ela há quase oito anos. Fazendo bem as contas, há sete anos, dez meses e uns poucos dias.

— Eu sei.

— E ela agora quer o resto de sua roupa, não é isso?

— Bem, esse é outro assunto, não vem ao caso agora, não foi só para falar nesses detalhes que convidei você para um almoço rápido.

— Então posso adivinhar, você me convidou para dizer que ama Débora, que pretende casar-se com ela e quer a minha aprovação.

— Creio que algumas coisas você sabe, Arnaldo, mas não foi bem pedir a sua aprovação que me levou a este encontro, afinal sempre fomos bons amigos, duas pessoas civilizadas.

— Eu sei, meu caro, sempre que um marido traído é abandonado, as pessoas decidem discutir como seres civilizados, acima de quaisquer sentimentos de ódio ou mesmo de vingança. Pode ficar tranquilo, você me conhece desde a infância e sabe do meu temperamento. Se isso é civilização, sou civilizado desde que nasci.

— Claro, não precisa bater nessa tecla. Se você fosse um passional eu teria levado Débora para uma longa viagem até que o seu sangue esfriasse nas veias.

— Obrigado pela gentileza.

O garçom trouxe um prato grande e raso com diversos tipos de sanduíche e colocou um copo de chope na frente de cada um de nós. Pedi mostarda e elogiei o aspecto do sanduíche, todo enfeitado com salsa e azeitonas pretas. Levantei o copo numa sugestão de brinde mudo. Arnaldo fez o mesmo e disse:

– À felicidade de Débora!

Repeti só à felicidade e bebi o primeiro e largo sorvo, acompanhando-o. Ele passou o guardanapo na boca para limpar um resto de espuma.

– Débora devia ter levado pelo menos um nécessaire com suas coisas pessoais. Imagino que você tenha emprestado um pijama seu para que ela pudesse dormir – olhou para as mesas em redor –, pois Débora detesta passar a noite nua.

Achei que ele procurava punir-se com detalhes íntimos e sem maior importância. E depois não era verdade, ela adorava dormir sem nada sobre o corpo, fora sempre assim. Repetia que era a coisa que mais adorava na vida.

– De fato, emprestei um pijama a ela e ficamos bebendo uísque até a madrugada – eu necessitava daquela mentira piedosa. – Quero ser sincero com você, afinal nossa amizade não é de hoje, vem dos bancos escolares.

– Claro, sempre fomos considerados amigos perfeitos.

– Tratei com insistência de fazer com que Débora pensasse dez vezes sobre o que estava fazendo, fiz ver a ela que você sempre foi um marido exemplar e depois, que diabo, entre amigos as coisas não devem se passar assim.

Ele mastigou lentamente um pedaço de sanduíche, bebeu mais um gole de chope e disse:

– Há quanto tempo vocês se encontravam à sorrelfa?

Sorrelfa! Há vinte anos não ouvia tal palavra. Arnaldo devia estar muito perturbado para usar tal expressão. Cheguei a pensar numa brincadeira para desanuviar o ambiente, perguntar a ele se sorrelfa era nome de algum novo motel da Barra, mas ele prosseguia de cara tão séria que desisti, afinal bem que podia estar precisando de palavras solenes. Passei incólume pelo sorrelfa mofado:

– Bem, não costumo fazer contas neste terreno, não sou tão frio como possa parecer a você, mas digamos que teria sido desde meados de 76, portanto há quase dois anos.

– Diga, a primeira vez foi quando você nos levou ao aeroporto, em julho daquele ano, eu estava embarcando para um encontro médico em São Paulo. Você levou Débora para casa, era quase noite, imagino que não tenha querido ir para a sua casa naquele dia.

– Não me recordo, sinceramente, mas por que pensa que foi naquele dia ou, melhor, naquela noite?

– Porque na volta, três dias depois, encontrei

um lenço seu misturado com os meus, uma escova de dentes estranha e alguns jornais velhos com anotações de pregões de bolsa feitas à tinta e com sua letra, exatamente o seu negócio.

– Acho que você tem razão, tudo começou naqueles dias, talvez não precisamente naquela noite. E você sabia ou desconfiava e apesar disso nunca me falou nada?

– Sabe como é – disse ele limpando o suor da testa com a mão espalmada –, no fundo eu sempre tinha a esperança de que Débora pensasse melhor e decidisse qual o rumo a tomar. Chega um momento em que as mulheres se sentem confusas, deixam-se levar por impulsos, mas depois pesam bem as coisas e se tornam excelentes esposas, fidelíssimas, passam a detestar pequenas aventuras e sentem vergonha de qualquer deslize.

– Imagino que não faças a injustiça de qualificar o amor de Débora por mim como um deslize ou como uma pequena aventura.

– Não e peço desculpas. Estaria sendo injusto com você e principalmente com ela. Uma coisa: por que Débora não veio hoje para conversarmos os três, civilizadamente?

– Olha, eu cheguei a pensar nisso, falei com ela, ponderei que assim as coisas ficariam mais certas, facilitaria muito, mas Débora estava arrasada, literalmente arrasada.

– Mas por favor, não me diga que foi pela decisão que tomou, afinal Débora é uma mulher madura e inteligente e não tomaria nenhuma atitude precipitada que a pudesse deixar arrasada de uma hora para outra. Creio que deve ter bebido demais, ela é fraca para bebida. Que uísque vocês tomaram?

– Acho que Chivas. Ou Grant's. Mas isso não importa, não?

– Tem toda a razão, isso não vem ao caso, mas aproveito para lembrar que Débora prefere Queen Ann.

Apontou para um pedaço de sanduíche:

– Prove deste aqui, é de anchova, bem picante.

Confuso, terminei por derramar mostarda sobre o pedaço e assim não senti gosto de mais nada a não ser de mostarda. Mas exclamei que estava delicioso. Ele tirou os óculos de grossas lentes e ficou limpando-as pacientemente.

– Acho que não seria perguntar muito se quisesse saber de você se pretende viver com ela, se pretende esperar pelo desquite e pelo divórcio, para depois casar, ou se vai aguardar um possível arrependimento dela para deixar que retorne, amanhã ou depois, para a casa que é dela.

– Olha, Arnaldo, eu não pretendo forçar Débora a tomar decisões definitivas. Você sabe muito bem que por mim jamais deixaria Débora retornar fosse para onde fosse, mas acredito, pela conversa que tivemos ontem, que ela esteja mesmo decidida a viver o resto da vida comigo. Se ela voltar atrás...

— Isso quer dizer que ainda resta uma vaga hipótese dela voltar?

— Se me expressei bem, acho que sim, ainda que de maneira remota.

— E você acredita que eu possa ficar em casa esperando que ela resolva o impasse, mais cedo ou mais tarde?

— Confesso que não sei, seria uma opção muito pessoal, nem sei se você ainda ama Débora como antigamente.

— Se isso não lhe desgostar, eu ainda amo Débora.

— Era o que eu pensava. Aliás, nós dois amamos Débora.

Veio mais chope e recusamos os dois um novo prato de sanduíche. Ele revelou que tinha deixado o cigarro havia exatamente seis meses e vinte e dois dias. Eu me declarei mais tranquilo, afinal deixara de fumar havia cerca de dois anos, não contava mais os dias e nem as horas.

— Há momentos – disse ele, contorcendo as mãos – que o cigarro se torna indispensável. Por exemplo, agora o cigarro vinha bem.

– E por que você não manda buscar um maço e fuma só hoje e torna a abandonar o vício a partir de amanhã?

– Não. Se deixei o cigarro, deixei para sempre – fez uma pequena pausa, sorriu encabulado, como um menino –, com a mulher da gente devia acontecer o mesmo, mas eu sei que com mulher a coisa é diferente.

– Mesmo porque mulher não é propriamente um vício – disse eu, a título de amenizar o rumo da conversa.

– É, com mulher é mesmo diferente. Graças a Deus. Ou graças ao diabo, já nem sei mais.

– Você está sofrendo muito, Arnaldo?

– Por que deseja saber? Pretende descrever depois, em detalhes, este nosso encontro para a Débora? Acho que você não devia fazer isso. Em nome da nossa velha amizade. Diga a ela que me deixou muito bem, um pouco abatido, sim, um pouco abatido para que ela não se sinta ferida no seu amor-próprio. E se achar que isso possa fazer bem a ela, diga que eu estou até pensando em casar-me com uma antiga colega minha, não precisa dizer o nome, ela assim poderá imaginar uma porção de amigas.

– Pode ficar tranquilo, farei o que me pede.

Houve um novo e desagradável silêncio, desta vez constrangedor e pesado. Ele disse:

– Você não vai mandar buscar as coisas dela lá em casa?

– É verdade – senti um alívio por ter sido ele a entrar nesses detalhes –, ela me falou nisso, mas fez questão de dizer que só quer as coisas de seu uso pessoal.

– Ora, a casa é dela também. Quem sabe uma noite dessas vocês aparecem por lá e a gente conversa sobre o resto?

– É possível, mas não creio que Débora possa querer essa visita, pelo menos por enquanto. Depois, quem sabe.

– Como vocês acharem melhor – disse ele com o olhar vago.

– Outra coisa – lembrei naquele instante –, ela me falou num tal de elefante de jade verde, presente seu, se não estou enganado, num dia qualquer, inesquecível para ela.

– Ah, sim, quando fizemos nosso primeiro aniversário de casamento, comemorado num bistrô de Paris. O elefante estava numa vitrina de penduricalhos indianos e chineses e não sei por que Débora disse que desejava o elefantinho para assinalar eternamente aquele dia. Bobagens.

– Lamento que esse elefante tenha lhe trazido recordações tristes.

– Pelo contrário, das mais belas recordações da minha vida.

— Ou talvez por isso mesmo, sabe, eu estou meio confuso, afinal a gente nunca fica à vontade ao se ver obrigado a tratar de assuntos tão pessoais.

— Tão civilizados — disse ele com ironia na voz.

Pedi outro chope e olhei o relógio. Disse que o tempo passava rápido. Ele disse que não estava com pressa, afinal sentia um estranho prazer em ouvir falar de Débora, embora ela só tivesse saído de casa na véspera. Parece um ano, exclamou fazendo uma expressão de fingido espanto. Enquanto ele bebia em silêncio procurei adivinhar se Arnaldo seria um homem capaz de qualquer gesto de loucura, de desespero, de praticar um ato impensado. Não, ele não era desses homens. Sempre fora calado e metódico, anotava todos os assuntos num pequeno caderno de bolso, a fim de poupar a cabeça e a memória para coisas mais sérias. Tinha hora para tudo e isso irritava Débora, ela que se queixava de que o marido era incapaz de improvisar uma hora de amor à tarde, no sofá da sala ou no estofamento do carro, numa praia deserta em contato com a natureza, nas águas de uma piscina, à noite. Era como se ele cronometrasse os minutos de amor, a demorada ablução, a água-de-colônia, os óculos depositados na mesinha de cabeceira, o cuidado em apagar a luz antes de despir-se, a preocupação por qualquer ruído denunciador de ato tão íntimo, temeroso sempre de que algum vizinho pudesse sequer suspeitar sobre o que se passava no silêncio opressivo do quarto.

– Uma coisa importante – disse ele –, Débora não falou nada sobre a nossa casa em Búzios?

– Não. Acha mesmo que ela estaria interessada nisso, nesta altura dos acontecimentos?

– Claro que não, mas acontece que nós tínhamos programado quinze dias em Búzios a partir de amanhã. Por favor, diga que a casa da praia fica com ela, mandarei as chaves, vocês bem que podiam passar esses quinze dias lá, garanto que Débora ficaria bastante grata e isso talvez ajudasse a fazer com que ela espairecesse um pouco. Ela precisa.

– Como você quiser, mas para falar a verdade ela só me falou naquele elefante de jade verde.

– E se preferir, eu posso mandar todas as coisas dela.

– Não se incomode, obrigado. Antes da noite mando o meu motorista passar por lá, só pediria a gentileza de mandar alguém preparar as malas e, claro, peço que não esqueça do elefante de jade.

– Pode deixar, não esquecerei. Vou acomodá-lo numa caixa bem forrada para que não quebre, apesar de não ter custado quase nada, a não ser mesmo o valor sentimental. Débora, no fundo, não passa mesmo de uma sentimentaloide. Parece muito independente, mas quase sempre se mostra insegura como uma menina. Desculpe, mas você também a conhece muito bem e aqui estou eu a chover no molhado.

— Obrigado. Eu sabia que você era um homem sereno e equilibrado, mas não imaginava que fosse assim tão humano e compreensivo.

— Compreensivo — repetiu ele. — Não é assim que é chamado, delicadamente, o homem traído pela esposa?

— Que é isso, deixe dessas coisas, você agora não vai colocar o problema nesses termos. Nem é de seu feitio.

— Tem toda a razão. Esqueça o que eu disse.

Fez sinal para o garçom, pedindo a conta. Eu pulei:

— Um momento, o convite foi meu, pago eu.

Arnaldo levantou a mão espalmada. Foi peremptório:

— Negativo.

— Mas meu caro...

— A conta é minha, vou guardar a nota como quem guarda um elefante de jade verde. É um dia memorável e, vamos embora, afinal hoje você está em plena lua de mel.

Levantou-se resoluto, pagou a conta quase na porta de saída, me pegou pelo braço e saímos na direção do Posto Seis, como velhos amigos que tínhamos sido. De repente Arnaldo estacou, bateu com a mão na testa, meu Deus, ia esquecendo, você mora no Leme, volte para casa, diga a Débora que está tudo sob controle. Não é assim que dizem os detetives de televisão? Volte. E não esqueça de levar um ramalhete de flores do campo, ela adora aquelas florzinhas, e mande buscar as suas coisas lá em casa.

Retomou a caminhada com certa lentidão, meio indeciso. Talvez fosse o efeito do chope na tarde quente e ensolarada. Comecei a voltar quando ouvi um violento rascar de pneus no asfalto, logo seguido de outros, e um grito histérico de mulher. Meu coração disparou. Tive um pressentimento instantâneo, Santo Deus, não, logo agora, virei-me disposto a encarar a triste realidade e vi Arnaldo no meio da rua, mão direita apoiada no capô de um grande carro negro que ainda balouçava, enquanto o seu motorista vociferava uma série de impropérios, dedo em riste, seu idiota, imbecil, está bêbado? Corno de uma figa!

Arnaldo olhou-me de lá. Eu desafogado, aliviado. Então ele ajeitou o casaco, passou as mãos em garfo pelo cabelo e me abanou sorridente, num adeus quase cômico.

E atravessou a rua, inseguro.

O Pequeno Recruta

No seu coração
Dorme um leão,
Dorme um leão com uma rosa na boca.
E o príncipe ergue o punhal no ar:
...um grito
   aflito...
            Louca!

O seguinte é Agostinho, um latagão de mãos macias e cabelo grande. Recebe uma ficha amarela de prioridade. O coronel do Oitavo R.C.I. recomendava o seu nome. Estava numa boa faixa de idade para a luta. Não iria de voluntário, mas recrutado. Agostinho manuseia a ficha, embaraçado, pensamento atropelado e confuso.

– Sargento, eu sou arrimo da velha.

Sargento Matias cofia a barba de uma semana. Bota a pata direita sobre a folha borrada do caderno de linhas simples. Olha devagar, como quem não enxerga. Está de culote amarelo-pardo e uma camisa de ginástica, encardida e rota, grudada no corpo suarento. Como chinelo uma alpargata puída, cambaia no pé de chumbo de sola escamada, coscorada. Bebe uma cerveja morna pelo gargalo e, depois de cada gole, passa a manzorra peluda na boca. Mira Agostinho e faz um muxoxo careteado:

– Então, tu não é de briga, hein? O negócio é ficar em casa fazendo crochê numa cadeira de balanço, não é mesmo?

– A mãe está com quase setenta, sargento.

– E daí? A minha, de tão velha, até já morreu. E nem por isso fiquei debaixo da saia dela, com medo de revolução.

Tira um resto de palheiro que escondia atrás da orelha, rola-o entre os dedos para afrouxar o fumo ressequido e mete-o numa falha dos dentes negros de sarro. Fica olhando Agostinho através das pestanas cerradas. Bate com as costas da mão na barriga do rapaz.

– Acende o pixuá do chefe, filho da mãe!

E, mudando de tom, depois de escarrar como se estivesse com nojo:

– Por mim tu ia nem que fosse atado. Homem covarde é como cavalo baldoso. Precisa de rédea curta, rebenque nas paletas e espora chilena para sangrar o costilhame. Vai andando, vai.

Agostinho só se deu conta de que não estava sozinho com o sargento quando ouviu os outros rindo, em redor. Meteu a ficha no bolso da calça e saiu desabrido.

Em casa, relê o bilhete de Celeste marcando o encontro para as oito. Passaria antes pela casa do capitão Zacarias, a mando da mãe, coitada, que se andava agarrando com meio mundo para não deixar o filho seguir com os outros. Para ela,

Agostinho ainda era o menino tímido e medroso que armava arapucas para apanhar rolinhas e sanhaços nos matos da beira-rio. Tossia muito à noite, quando o corpo esquentava sob as cobertas, com bronquite. E não haveria ninguém na campanha para preparar o xarope de mel, guaco e agrião que amainava a tosseira. Ela banhava o pescoço teso com cachaça e o embrulhava com trapos de flanela. "Mãe, não aguento mais. Me dói o peito." Chegava o cobertor na cabeça e botava fogo numa espiriteira para tirar a umidade do ar. No mato molhado de chuva e de sereno, o coitadinho morreria de tísica, se não morresse de bala ou de degola.

Quando saiu, Agostinho foi encontrando gente que ia para a estação da Viação Férrea ver o trem chegar. Fardamento para quatro mil homens, dissera o sargento. Pela primeira vez, o noturno chegaria antes do pôr do sol. Era trem especial e ficaria no desvio da Swift, esperando os soldados na torna-viagem. Se tudo corresse bem, dois dias depois grande parte da tropa seguiria para Saicã, onde o grosso estava acampado há duas semanas.

Não, não iria mesmo. Ficaria com Celeste, enquanto o marido andava pela frente. Cabo Heráclito Dorneles, um índio troncudo de quase dois metros de tamanho. Tórax que poderia aspirar um tonel de ar de cada vez. Era homem de muitas mortes na consciência. Em Santa Maria da Boca do Monte – era o que se sabia – ajudara seus homens a degolar dois prisioneiros. É verdade que não usara as próprias mãos. Sentado numa tora, fumara o tempo todo enquanto os homens atavam os infelizes num taquaral. E, como estivessem com medo, preferindo que o cabo desse a contraordem desejada, demoravam nos preparativos, cuidando o chefe com o rabo do olho. Dorneles ficara impassível e, por fim, dera a ordem seca, antes que alguém notasse tremor na sua voz: "Acabem logo com esses pés no chão". Nem ao menos vira o serviço. E contavam muitas outras coisas do cabo Dorneles. De outra vez, ficara ferido num matagal, onde os pumas rondavam famintos. E, para aqueles bichos, cheiro de sangue era isca. Pois, quando o encontraram, cinco dias depois, estava fumando um palheiro feito de esterco seco e sem nenhuma queixa para as feridas arruinadas.

Pois bem – pensa Agostinho –, com tudo isso, lá estava o cabo naquela revolução suja e ele ali com a mulher dele. Era melhor assim.

Os dois se encontram no galpão em ruínas, no fundo do quintal, numa escuridão de noite sem lua. A saparia coaxando nos valões de água estagnada. Agostinho prende na sua a mão morna e úmida de Celeste. A taipa velha que passa rente à porta sem batente, recortada por uma fraca claridade que vem da casa, parece uma pequena cordilheira presa ao chão. Uma carroça passa barulhenta na rua de terra solta. Abraça Celeste e sua mão toca o seio livre sob o vestido de algodãozinho.

— Então, tu vai mesmo?

Outro carroção passa fazendo o solo tremer. Deve ser a carga chegada no trem. Os fardamentos para a nova leva. Dólmã cáqui, de largos bolsos pregueados. Culote abombachado. Botas reluzentes de couro de segunda. Quepe de tala branca de celuloide e, sobre a aba, um escudo oval verde-amarelo. Tudo parecia muito distante para Agostinho. Acochado ali, o mundo ficava muito íntimo, sentindo a carne macia da mulher, mais adivinhando que vendo. Celeste senta num caixote alto, como fazia sempre. Puxa Agostinho para si, abrindo as pernas para aproximá-lo ainda mais. Os fiapos de luz fraca que chegavam de fora coam-se pelas frinchas do estuque carcomido. Galinhas se mexem, cacarejando inquietas e pressagas. A mão dela escorrega pela abertura da camisa. Desliza, tateando, pelo peito cabeludo. Desce, fremente.

— Tu vai mesmo, Tinho? — repete.

— Sei lá. A mãe tá se virando. O diabo do sargento é que tá furioso.

— Não vai, meu amor. O capitão Zacarias dá um jeito.

A mão continua trabalhando. É quase um ferro em brasa na pele de Agostinho. As frases dela saem como gemidos de prazer. Com o pensamento fervilhando, ele continua indiferente ao corpo quente e palpitante da mulher. Ao seu hálito forte, trescalando erva de cheiro, alecrim-do-campo, erva-cidreira. Revê a cara bexiguenta do sargento Matias, a manopla imunda batendo no caderno escolar engordurado. O cabo Dorneles mandando degolar os prisioneiros, rindo sardônico, enrolando o palheiro, depois beijando Celeste e amando a mulher com raiva e violência.

– Ele que se dane, sabe? – pensa no marido. – Eu é que não vou para esta revolução. Não tenho nada com isso, não tenho ódio de ninguém.

– Não vai, não. Fica aqui comigo. Vou te ensinar uma porção de coisas boas.

Agostinho teve ganas de fugir. Celeste, às vezes, parecia uma vagabunda de beira de estrada. Mas ficou quieto. Talvez no dia seguinte fosse embora também. Celeste continuaria recebendo os machos naquele mesmo lugar, sentada no mesmo caixote, dizendo as mesmas coisas, a desavergonhada. E – como fazia naquele momento exato – desceria a mão nervosa pela cintura, apalpando de leve e com sabedoria, roçando mais forte, terminando num espasmo dolorido e chorado. Fizera o mesmo com Dorneles, que antes de casar contava para a roda de amigos, no balcão dos botecos. Com ele, Agostinho, também. Com muitos outros, é o que se dizia. A vida, para ela, se resumia naqueles breves momentos de galpão escuro, depois de lavar os pratos e arrumar a cozinha! Naquele amor roubado e ofegante em meio ao cheiro de galinha e de estrumeira. Mas a verdade é que tinha qualquer coisa de exclusiva quando se entregava. De selvagem na fúria de se dar. Depois de tudo, ficava soluçando, intermitente, num choro misto de prazer e de arrependimento, reiniciando o passeio da mão incontentável e fremente, do aconchego malicioso, quente, molhado.

Agostinho sente necessidade de acender um cigarro. De beber um copo de cerveja.

– Tu hoje não me quer. Algum bicho te mordeu?

– Estou com sede.

Tira um cigarro. Protege a chama com a mão em concha. Aspira forte. Celeste trabalhando o corpo, ainda. Encosta a cabeça no seu ombro, abraça-o. Rouba o cigarro e atira-o longe.

– Esquece a revolução. Esquece o Dorneles.

– E quem é que disse que eu estou ligando para isso tudo?

Responde aos carinhos, desajeitado. Despe o único pano que ela tem sobre o corpo quente. É uma luta ritmada em que os adversários se encaixam e se entendem. Uma palpitação uníssona. Posse animal, concreta, doída. Que horas são? Celeste deixa-se cair sobre o caixote guenzo. O busto nu ofegando compassado. Chorando baixinho, sem vontade. As galinhas cacarejando assustadas.

Uma voz de longe chama por Celeste. Num movimento instintivo, Agostinho se recompõe, rápido. Força o olhar, através do vazio da porta, sem ver nada além do negrume da noite. Na direção da cozinha, uma sombra obstrui o bico de luz. Os dois ficam imóveis, respiração contida.

– É minha mãe.

Novamente o grito chamando. Um tom desesperado. Agora o esganiçado está mais próximo.

– É o Dorneles, minha filha. O Dorneles...

Celeste balbucia, sem som, num sopro:

– Meu Deus, e agora?

Agarra forte a mão de Agostinho. Sente o coração disparar. Na distância, um cachorro late, sinistro. O marido, lá fora, pressente. Avança, meio cego, no breu do quintal, seguido da velha que engrola frases numa algaravia nervosa. Celeste e Agostinho recuam para os fundos do galpão. Dorneles se faz presente na porta pelo ruído da respiração opressa.

– Celeste, não adianta, eu sei que tu está aí. Celeste!

Ela sente vontade de chorar largado. A mão úmida e febril de Agostinho parece uma tenaz em brasa no seu pulso. Estão a uma distância de dois metros, se muito.

– Qual é o macho que está aí contigo, Celeste?

Ele tenta penetrar ainda mais. Tropeça em tijolos e latas. Atrás dele continua a velha que não para de dizer coisas ininteligíveis. Carrega na mão um lampião bruxuleante. O galpão se ilumina fracamente, com sombras fantasmagóricas a dançar no zinco furado. Dorneles vislumbra os dois, juntinhos ainda. A mulher seminua, paralisada.

– Eu na revolução e tu aqui de sacanagem com esses vagabundos!

Não há muita convicção e nem muito ódio na sua voz. A beleza da mulher atuara mais forte. O desejo animal que sentiu, súbito, faz com que ele esqueça o rapaz imóvel e mudo. Celeste deixa cair um pouco mais o vestido, indiferente à tensão. Faz um beiço trêmulo e começa a chorar.

– Me perdoa, Dorneles, por amor de Deus. Eu não sabia...

Ele faz um esgar irônico! Senta na ponta de uma mesa velha, cambaia. Não tem pressa. A caça está encurralada, inerme, perdida. Pode esperar pelo tiro de misericórdia. A velha mal sustenta o lampião de chama mortiça e insegura. Dorneles desabotoa a gola da túnica, lentamente! Diz com voz cava:

— Só há um jeito.

Celeste solta o choro e cobre os seios com as mãos. Agostinho sente as pernas vergarem e se apoia na parede. Vê o marido tirar da cintura o talabarte de couro preto, dobrá-lo em dois, batendo pausado com a fivela na palma da mão.

— Só há um jeito.

A velha reza em ladainha. Um canto gregoriano misturado com o cheiro ácido do esterco de galinha. Celeste para de chorar, num repente:

— Deixa o menino, Dorneles, ele não tem culpa nenhuma! Pode até me matar. Eu mereço. — E, como se houvesse descoberto uma tábua de salvação: — E depois, ele vai embora amanhã com a Segunda Companhia.

A voz da mulher fazia o seu sangue ferver nas veias. Passara quase um ano sonhando todas as noites com a mulher. Uma Celeste monstruosa, com duas coxas eróticas, dois seios como montanhas de carne e aquele mesmo ventre que ali estava, roliço e palpitante como um tumor maligno. As frases de amor que ela nunca se cansava de repetir atuavam à distância como palavras mornas e sensuais ditas numa câmara de eco.

Dorneles se levanta. Continua batendo com a fivela na palma da mão. É um ritmo sinistro e opressivo.

– Acho que não houve nada mesmo – justifica-se. – Mas vou dar uma lição nesse fedelho safado.

De um salto, Agostinho precipita-se pela janela. Não a tempo de evitar a lambada do cinturão que o atinge no rosto, de raspão. Some no escuro, num tropel desabalado. A velha deixa cair o lampião e foge. Leva consigo o cantochão de loucura. Ouve ainda Dorneles batendo na mulher. É feroz o estalar de couro na carne, derrubando latas e tábuas. As galinhas espantadas cacarejam em confusão. Algumas escapam pelas frestas, tontas e cambaleantes. Aos poucos, o homem cansa. Diminui o som das lambadas fofas. A meio caminho, a velha para e escuta, ouvido atento. O choro da filha é continuado. Dorneles repete, obsessivo:

– Cadela desavergonhada, sua vagabunda...

Há uma nova luta de respirações fortes e selvagens. Uma luta que se abranda aos poucos e silencia. Como dois corpos exaustos que se fundem na mesma caminhada em busca de paz e de sono.

A velha se afasta e vai para a cozinha. Bota água para o café que dentro em pouco os dois hão de querer.

Na noite escura, as nuvens se atropelam tangidas por um vento forte e quente. De longe, chega o aroma de terra molhada, um cheiro acre, penetrante. Um ribombar seguido do raio que divide o céu em dois, que fende a noite e deixa vislumbrar, por um átimo, dois corpos tombados após o amor.

No dia seguinte, o soldado Agostinho foi para a guerra.

João do Rosário

...por que deixa ao Pecado
Esse caminho suave, essa fatal doçura
E faz do Bem um fruto amargo e indesejado?

Todos os dias, àquela mesma hora, a cigana jovem entrava furtiva no corredor externo do hotel e sumia na porta do mesmo quarto. Ao lado da porta havia, em todos eles, uma janela com venezianas. Através delas, os guris curiosos e trêfegos assistiam à cena repetida: meia dúzia de caixeiros-viajantes ao redor do quarto, batendo palmas ritmadas para a cigana que despia a blusa e exibia os seios numa espécie de dança lúbrica, lembrando pelos movimentos das mãos e pela quadratura dos gestos uma bailarina egípcia. Ao entrar no quarto, ela recebia o dinheiro combinado. Depois, como se fosse um velho hábito, desabotoava a blusa e a jogava sobre a cama. Séria, indiferente ao entusiasmo dos homens em redor, que a tinham ao alcance das mãos, afagava os próprios seios, demorando-se nos bicos rosados, espraiados como duas flores de papel superpostas na carne rija.

Do lado de fora, os guris se revezavam nas falhas da veneziana. Uns empurravam os outros e, de repente, saíam todos numa debandada de pássaros. Depois, iam voltando aos poucos. Quando um dos homens tentava passar a mão no busto nu, a cigana ágil se livrava do toque insólito com um simples meneio de corpo. E não havia dinheiro ofertado que a fizesse ir além. Quando entendia que já fizera jus ao pagamento, vestia a blusa de um golpe só e saía porta afora para voltar somente na tarde do dia seguinte, recomeçando tudo de novo.

    O sacristão foi o primeiro a denunciar. Na companhia do inseparável coroinha, procurara o gerente. Era uma vergonha a bandalheira diária no quarto de um dos caixeiros-viajantes. A cigana ficava nua e sabe Deus o que fazia com os devassos. Zica, o coroinha, vira toda a cena na véspera. Contara ao padrinho, João do Rosário, o zeloso sacristão que agora exigia uma providência.

    – Vou falar com eles, João. Pode ficar tranquilo.

    – Se o padre Zanela souber disso, seu Antunes, não vai haver fiel da cidade que passe sequer pela calçada do seu hotel. O senhor conhece o padre, seu Antunes.

    – Conheço, João, conheço, mas que diabo, eu só estou sabendo disso agora, por você.

    João do Rosário pegou o coroinha pela mão e foi para o salão de jantar. Ele fazia a maioria das refeições no hotel. Morava num quartinho sem janelas, atrás da igreja. Conhecia todos os moradores da cidade pelo nome. Acompanhava o diz que diz que das mulheres e era a maior fonte de notícias e mexericos. Os olhinhos míopes se moviam atrás de duas grossas lentes, presas por um aro fino de prata. De roupa preta e lustrosa, primava pela camisa encardida e pelo trapo sem cor que fazia as vezes de gravata. E sempre com um dos coroinhas pela mão. Zica era o preferido. Matalote de treze anos. Cara aparvalhada, gorducho e de ancas femininas. Caminhava feito pato, puxando lentamente os grandes pés chatos. Quase não falava. João do Rosário gastava o dia percorrendo a cidade, fazendo pequenas visitas às beatas mais notórias. Sabia onde encontrar um pão de ló recheado, um bolo de milho. Além disso, fazia com que em certas casas sua chegada coincidisse com o café recém-feito ou o chá com torradas. Sua saudação de entrada era uma só:

– Louvado seja Nosso Senhor Jesus Cristo. Que a paz esteja convosco. Amém.

E, imediatamente, perdia a cerimônia:

– Senti o cheirinho desse milho cozido desde o quartel do Oitavo. É até um pecado o que sinto por milho cozido.

Tirava, então, duas espigas graúdas e logo

enfiava uma delas na mão rechonchuda do coroinha que o acompanhava.

– Este menino não come nada. É preciso a gente cuidar dele da manhã à noite. – E afagando a cabeça do guri: – Mas é um anjo de inocente, o pobrezinho.

Depois da saudação cristã e dos elogios à comida ou ao café, contava as novidades. Nesse dia o assunto era a cigana.

– Dona Linda, a senhora é capaz de não acreditar. Pois os malditos desses mascates obrigam a desavergonhada a dançar nua no meio deles. O Zica viu tudo e me contou. E, ainda por cima, obrigam os anjinhos a espiar pela janela. Ah, dona Linda, o castigo do céu tarda, mas vem. Que a Virgem Maria não deixe o padre saber disso.

As senhoras se escandalizavam. Era difícil de crer.

– Nua, nua, João? Mas é um caso de polícia!

Queriam detalhes. Então as ciganas só usavam uma blusinha em cima da pele? Como é que pode? E por baixo da saia, nada? É uma gente selvagem, essa.

Já no fim da tarde, ele é que havia visto tudo "com esses olhos que a terra há de comer". Enriquecia de detalhes eróticos a cena. Zica não prestava atenção na história repetida, na qual ele aumentava sempre um ponto.

Quando apareceu no hotel para jantar, ainda com o coroinha a reboque, foi informado pelo gerente de que os caixeiros-viajantes iriam embora no dia seguinte, pela manhã.

– Isso até que foi bom, João – confidenciou ele. – Amanhã chega uma companhia de teatro, para o Coliseu, e eu não sabia onde meter tanta gente.

– De teatro ou de revista? – quis saber o sacristão.

– Sei lá, de teatro ou de revista, é tudo a mesma coisa. É gente que se precisa estar de olho vivo na hora de cobrar a conta. A última que passou por aqui ficou devendo horrores. É verdade que fiquei com duas malas de camarote, cheias de roupa. Mas quem vai querer comprar fantasias de teatro, tudo puído e bolorento?

O gerente sentara à mesa do sacristão para tomar com ele o cafezinho aguado. Foi então que confidenciou para o sacristão:

– Bem, hoje, como era despedida, fui ver a tal de dança da cigana. Seu moço, que peitarras! Pareciam gelatina. E a desgraçada sabe que aquele negócio vira a gente pelo avesso. Pois lhe confesso, estou até agora com dor de cabeça.

– Seu Antunes, o diabo se vale de qualquer instrumento para perder os homens. Que Deus tenha piedade do senhor, é o que posso pedir.

E saiba que o Demo sempre se utiliza da mulher para esses trabalhinhos.

Seu Antunes sorriu irônico:

— E dos coroinhas, João, não esqueça disso.

João do Rosário sentiu os óculos embaçados. Levantou-se rápido, com um acesso de tosse. Despediu-se sem olhar:

— Boa noite, seu Antunes, em nome de Nosso Senhor Jesus Cristo.

Saiu depressa, levando pela mão o coroinha sonolento.

*

A Companhia de Teatro estreou com a peça em três atos e vinte e dois quadros, de Laudelino Silva, "O Pecado de Ser Mulher". Na manhã do dia seguinte, muito cedinho, João do Rosário já ouvira meia dúzia de histórias da boca das mais devotas e zelosas paroquianas, apressando-se em transmiti-las ao padre Zanela.

— Uma pouca-vergonha, padre Zanela. Dona Guidinha me contou que a linguagem é de sarjeta. As artistas usam vestidos tão curtos que quando sentam mostram até nem sei onde. No final do segundo ato, um casal se beija tão demorado que um moleque na plateia grita "larga" e todo mundo ri. Muita pintura na cara, perna de fora, braço de fora, decote que não tem mais fim. Seu padre, é uma pouca-vergonha, diga-se de passagem.

Padre Zanela ouviu tudo de pé, coçando o queixo com a mão. Os olhinhos vivos se moviam sem descanso.

– Pois você vai hoje ao teatro ver com os próprios olhos. Depois me relata tudo. Não vou aturar imoralidades na minha paróquia. Jogo esse rebotalho no trem em menos de vinte e quatro horas. E vai ser amanhã mesmo, no sermão da missa das sete.

Depois da conversa com o padre, João do Rosário foi fiscalizar o serviço dos meninos que ajudavam na limpeza da igreja. Mudança de flores, de água dos vasos, troca dos cotos de velas, uma espanação superficial no pó dos bancos e dos quadros da Via Sacra. Na verdade, antegozava a noitada no teatro. Dona Guidinha havia dito que as atrizes andavam pelo palco com as pernas de fora e quando sentavam... aí misturou na imaginação as artistas e a cigana. As moças se moviam no palco com os seios nus e a plateia toda batia palmas ritmadas. Ele espiava através das venezianas. O pensamento ficou assim em torvelinho até a hora das três batidas clássicas no assoalho e o ruído do pano se abrindo. Cinco minutos depois, ele havia mergulhado no enredo da peça e nem se lembrava mais da missão que o padre lhe confiara. No fim de cada ato, se surpreendia rindo a bandeiras despregadas. Quando a luz da plateia se acendia, ele mais do que depressa se persignava e se fechava sobre si mesmo, como um caramujo. Quatro cadeiras além, o cel. Garibaldi, chefe político da cidade, ria frouxo ao lado da mulher. O gringo Musacchio, da tipografia, rindo e sacudindo a barriga como só os gordos sabem fazer. Dona Nenê com a filha, mocinha anêmica de pele transparente como vidro. Riam as duas discretamente, cobrindo o rosto com lencinhos de renda. As filhas do pastor protestante lá estavam também, com as golinhas brancas subindo pelo pescoço.

Antes de baixar o pano pela última vez, ele já havia saído, protegido pela meia-luz. Minutos depois, compartilhava com o padre do chá servido em tigela sem alça. Fez um relato minucioso e exagerado, ao gosto do padre. Este ouvia atento, fazendo muxoxos de desaprovação. De vez em quando, interrompia o sacristão e passava a folhear a Bíblia, toda assinalada com fitas coloridas e sebosas.

– Anota aí: Eclesiástico, Capítulo 9, Versículo 8. "Afasta os teus olhos da mulher enfeitada, e não olhes com curiosidade para a formosura alheia".

O sacristão anotou e permaneceu calado, enquanto o padre folheava a Bíblia novamente. Seus dedos longos, à luz fraca, pareciam aranhas nervosas e fantásticas. Faria um sermão daqueles. Não usaria de meias palavras. Fechou a Bíblia e esfregou os olhos cansados. E para que citar a palavra sagrada se a linguagem que eles entendem é outra? Nada de parábolas, pois são todos maus entendedores. O sermão seria de improviso, direto, contundente. Citaria o nome da Companhia, da peça, do autor e – por que não? – os nomes dos maus cristãos que lá estavam prestigiando o pecado e a imoralidade pública.

O sacristão fez um esforço de memória e enumerou quase todos eles.

– O cel. Garibaldi também? Mas não é possível. Bem, passaremos por cima do nome dele.

– Pois estava lá com a dona Ema. E, enquanto ela ria das complicações da peça, o coronel não tirava os olhos das pernas das duas sirigaitas.

– Mas não convém, meu filho, envolver o coronel nessas coisas. Afinal, ele é maior de idade e sabe o que faz.

A missa das sete, no outro dia, estava superlotada. A presença do sacristão no teatro, na véspera, fora um claro sinal de tempestade. E padre Zanela não era homem de muitos rodeios. Dito e feito. O sermão foi entrecortado de violentos socos no púlpito. "Raças de víboras", "malditos fariseus", "canalhas a serviço do demônio", "prostitutas desavergonhadas" e outros termos. Espargia uma catadupa de perdigotos sobre os que estavam na primeira fila. O suor escorria pelo pescoço e sumia no colarinho engomado. Afora a voz retumbante do padre, podia-se ouvir uma mosca voar no recinto da igreja. E quando todos foram embora, o sacristão repetiu o que sempre dizia, após o sermão:

— Nosso Senhor Jesus Cristo falou por sua boca, padre Zanela. Foi emocionante.

Quando João do Rosário chegou ao hotel para jantar, os artistas e o pessoal da Companhia já estavam comendo a sobremesa de goiabada e queijo. Comiam mais cedo por causa do horário do espetáculo. Sentou juntamente com o coroinha e notou, através das lentes de fundo de garrafa, que havia um mal-estar no salão. Um sujeito de cara bexigosa levantou-se de onde estava e se dirigiu para a mesa do sacristão.

— Seu moço, quero lhe dizer que isso não fica assim. Não fizemos nada para sermos atacados e enxotados desta cidade. Saiba que vamos nos defender, seus carolas de uma figa!

João engoliu em seco e nem sequer levantou os olhinhos miúdos protegidos pelas lentes. Tremia dos pés à cabeça. O homem da cara perfurada voltou à carga.

— Isso não fica assim! Se o padre quer que a gente vá embora, que pague então a viagem e o hotel. Nosso teatro é decente e dos melhores autores. E depois, fique sabendo, o padre manda na igreja e não no teatro – e batendo no peito com força –, lá mandamos nós, ouviu, seu olho de cobra? E ensino esse padre a se meter com a sua vida. E ensino também a vocês todos.

Uma das mulheres se aproximou do homem e tentou levá-lo de volta. Ele não se deixava tocar e parecia crescer em fúria. Alguns hóspedes deixaram a janta pela metade e trataram de sair.

Padre Zanela, avisado – a igreja ficava quase ao lado do hotel –, entrou no salão. Foi direto à mesa do sacristão, que mais parecia uma estátua. O homenzinho não movia um músculo sequer por vontade própria. Apenas o tremor era incontrolável. O coroinha baixara a cabeça e não sentia a menor curiosidade em ver o que se passava ao redor.

O bexiguento, ao ver o padre entrar, largou de mão o pobre-diabo que tremia e se virou para o inimigo maior que dava a impressão de ter vindo para brigar.

– Pois ouça também, seu padre do diabo: meta-se com a sua vida e com a vida dos seus carolas. Se tocar mais uma vez nos nossos nomes...

Padre Zanela parecia surpreso com o ataque. Levantou o braço direito, lentamente, como no gesto de bênção.

– Te excomungo, satanás, filho das trevas!

O homem ficou vermelho de raiva, avançou para o padre e todos ouviram o estalar seco de uma bofetada. O sangue jorrou do nariz do padre. Seus braços continuaram caídos ao longo da batina que agora era respingada de vermelho. Falou pausadamente:

— Faço como Cristo Nosso Senhor: dou a outra face.

— Pois se é assim, toma.

Teve um acesso de loucura. Viu-se agarrado e arrastado. Tudo rodopiou e escureceu. Quando se deu conta estava atirado sobre a laje úmida e pegajosa do xadrez. Não se recordava de mais nada. Tinha uma orelha inchada e sanguinolenta. Um olho fechado e dolorido. Teve vontade de chorar. Num átimo tudo se perdera. O empréstimo para a viagem. O sacrifício para conseguir um guarda-roupa decente. A boa vontade dos artistas em trabalhar primeiro para receber depois e assim mesmo se houvesse resultado.

No quartinho escuro do padre, João do Rosário se multiplicava renovando as compressas e pedindo às visitas que voltassem mais tarde. Ele mesmo preparou o chá com torradas. Apesar da dor que lhe tomava todo um lado do rosto, o padre parecia feliz e tranquilo. Nosso Senhor devia estar orgulhoso de seu discípulo na Terra. O episódio valera como uma demonstração de fé e de religiosidade. Era um exemplo a ser seguido pelos homens de boa vontade. Até o cel. Garibaldi viera trazer a sua solidariedade, prometendo punição para os insolentes e ateus. O crucifixo sobre a mesinha da cabeceira mostrava ao padre as chagas rubras de seu martírio. Como o hematoma do seu rosto. Jesus e seu pregoeiro estavam mais próximos.

A Companhia se dissolveu e os que ainda conseguiram algum dinheiro tomaram o trem e foram embora. Uma das artistas foi morar na Chácara da Figueira, uma velha mansão de pedras na Estrada do Cemitério, sob a proteção de um grande plantador de arroz. A outra ficou numa pensão para os lados do quartel, em plena zona. Depois cansou da pobreza da casa e do mau cheiro da freguesia e começou a fazer ponto na gare da Viação Férrea. Viajava até Santana e quando chegava já tinha garantida a proteção de um viajante para se hospedar no Hotel Cassino, em Rivera, e tentar a roleta. Um dia nunca mais voltou. Dizem que se engajou numa outra companhia mambembe e que iria tentar Montevidéu. Era um talento para a arte.

João do Rosário passou meses contando o episódio durante o seu giro diário pelas casas das beatas. Ele não fora tão cristão como o bondoso padre Zanela. Havia reagido à altura. Esquecera por momentos os preceitos divinos, diante de tanta ofensa e ousadia. E se virava para o coroinha de cara apalermada:

– Conta para a titia, Zica, conta o que o padrinho fez com aquele sacripanta.

A Morte do Caudilho

E, de repente,
Todas as coisas imóveis se desenharam
            [mais nítidas no silêncio.
As pálpebras estavam fechadas...
Os cabelos pendidos...
E os anjos do Senhor traçavam cruzes
            [sobre as portas.

Amanhecia em Rosário do Sul. A mesa eleitoral fora instalada no saguão do cinema. Ao lado, a prefeitura, com os editais e comunicações pregados na porta lavrada. Um pouco além, a igreja de duas torres e o grupo escolar que ia até a esquina. Na frente de tudo, a praça de árvores velhas, com o coreto no meio de um círculo de cimento. Era por ali que o povo se espraiava nas noites quentes de domingo, entre os canteiros, nos bancos de madeira, sob as altas copas dos plátanos e dos cinamomos, para ouvir a retreta.

Naquela manhã, havia um movimento desusado na cidade. Homens a cavalo, levantando poeira nas ruas, grandes carroções coloniais despejando gente de roupas surradas pelas casas e um ir e vir de soldados provisórios, pés no chão, de mosquetões a tiracolo, nas mãos, de qualquer jeito. Homens suados e barbudos.

No saguão encardido do cinema, os mesários remexiam em papéis, todos eles muito importantes. Conferiam listas, assinavam, acendiam grandes palheiros. O chimarrão corria discretamente. Sobre o fogareiro Primus, uma chaleira preta, de ferro, fumegando.

Quando o juiz entrou, sobraçando uma grande pasta de couro, os mesários se levantaram dando bom dia. Era um moço loiro, de óculos, roupa justa, colarinho e gravata. Chegara de Porto Alegre, recém-saído da faculdade. Enquanto tirava os papéis da pasta, circunvagou o olhar míope pelo saguão. Uma vintena de caboclos enfileirados ao comprido das paredes, armados e com grandes cartucheiras recheadas, pitavam cigarros de palha. Na cabeça, os chapelões de pano cinza com fita branca. Quando terminou de distribuir os papéis, entregando-os a um e a outro, fez um sinal ao secretário da mesa, um velho comprador de gado da Swift:

— E esses homens, o que fazem aqui?

O velho arregalou os olhos. Então o doutor não sabia que aqueles homens sempre ficavam ali durante as votações? Isso se dava em Saicã, São Gabriel, Livramento e, dizem, na capital mesmo acontecia que os soldados impunham respeito à boca da urna. O doutor era fedelho em matéria de eleições.

— São os homens do coronel Nico, doutor.

Não era a primeira vez que o juiz ouvia o nome do caudilho. Era o dono da região e tinha história que vinha do Caverá. Em Porto Alegre, o desembargador dissera, em tom de brincadeira, que "ele se cuidasse do coronel, homem valente, manhoso e astuto". Viu, na porta, o pé no chão que levava dependuradas na túnica cáqui desbotada as divisas de sargento. De costas, só se enxergavam as melenas ruças de pó. Ele, então, decidiu, aparentando naturalidade:

– Mesário, chame ali o sargento, quero falar com ele.

– Pois não, doutor.

Levantou-se devagar da cadeira, como se tivesse goma de polvilho nos traseiros. Foi até um ponto em que pudesse ser visto pelo sargento. Dali fez sinais, chamando. Os olhinhos miúdos na cara chata deram com o mesário assustado. Foi até lá, arrastando nas lajes da entrada a espada grossa a bambolear entre as pernas. Atirou, com um tapa, o chapelão para a nuca. Chegou o ouvido, confidencial, perto da boca do velho. Ficou escutando, impassível, enquanto o mesário falava, explicava, repetia. Depois, abanou a cabeça e deu as costas ao velho. Voltou para onde estava. O velho veio explicar ao Juiz:

– O sargento, doutor, disse que recebeu ordens de se parar ali...

O Juiz tirou os óculos e ganhou tempo limpando as lentes. Bafejou várias vezes cada um dos vidros. Reuniu forças:

– Pois diga ao sargento que o presidente da mesa está chamando.

O mesário retornou. Fez novos sinais. Já de mau humor, o índio deu um safanão na espada incômoda e se aproximou curioso.

– Entonces, que le manda?

– Sargento, o doutor está lhe chamando. O homem é autoridade, sargento. Não custa nada – e quase numa súplica –, vamos até lá...

O índio troncudo cuspiu no cimento, esparramado. Apertou a fivela do talabarte e foi tinindo as duas grandes rosetas das chilenas. Fronteou com o Juiz.

– Às orde, doutor.

– Sargento, eu sou o presidente desta mesa. – O homem deu a entender que sabia. – A lei não permite tropas aqui dentro. O senhor vai ter que retirar seus homens para além do meio da praça.

Houve um momento de silêncio e de expectativa. O sargento chupava o palheiro com fúria. Os seus olhinhos faiscavam sob as grossas sobrancelhas. Alguns pés no chão se aproximaram, desconfiados. Aí se ouviu um tropel na rua, um vozerio abafado de homens na calçada. Os soldados na porta se perfilaram, em largos sorrisos, de palheiros entre os dentes amarelos.

No saguão, todos se voltaram para a entrada por onde irrompeu um homenzarrão de quase dois metros de altura. Bombachas cinzentas e botas de couro preto. No pescoço, um lenço preso por um grosso anelão de ouro. Homem velho, mas desempenado. O Juiz adivinhou que era o próprio cel. Nico Raimundo. Tinha um afrontoso ar de dono da casa. Seus olhos opacos deram com o Juiz atrás da mesa, de pé. Dirigiu-se para lá, sorrindo generoso, com a mão estendida. Cumprimentaram-se. Perguntou se a viagem fora boa, se não precisava de nada. Deu com os olhos no sargento, ali parado.

– E o que se passa, Florindo, tu aqui na mangueira do doutor?

O velho secretário, dissimulando o tremor das mãos e das pernas, apressou-se a explicar ao coronel o sucedido. Afinal, o doutor queria apenas cumprir a lei. E frisou forte a palavra "lei", com olhos súplices de quem deseja evitar encrenca. A princípio, o cel. Nico fechou a cara e franziu o cenho. Ficou chocado com a notícia. Com que então aquele almofadinha da cidade vinha com leis para o lado dele e logo num dia decisivo de eleição. Pois olha... e a sua fisionomia mudou. Era homem de lances, repentino em decisões:

– Bem, doutor – ponderou com ar de chefe, inseparável dele –, eu estou aqui para garantir as autoridades. Se o senhor acha que os meus homens devem ir para a praça, vão para a praça. Pois quem manda aqui, senão o doutor? Agora uma coisa...

E se debruçou sobre a mesa, de maneira a ficar com a cara grande e parda, como a de um cachorro são-bernardo, quase encostada na face lisa e rosada do Juiz:

— Mas quem lhe garante a ordem aqui dentro, doutor?

O Juiz passou os olhos, devagar, pela fila imóvel dos homens do coronel. Depois, ninguém tinha motivo para brigar ali, na sua frente. Uma coisa era eleição entregue à sanha e à prepotência da caboclada armada. Outra coisa era a votação na frente do Juiz oficial, com poderes do governo constituído.

— Coronel, pode ficar tranquilo que ninguém irá perturbar a ordem nesta eleição. Agradeço muito a sua boa vontade. Além do mais, coronel — e a sua voz ganhou um tom mais doce, para não ferir —, a lei não permite homens armados no recinto da votação. Pelo menos duzentos metros.

O coronel acendeu o palheiro. Chupou forte a fumaça e ficou olhando a brasa viva. Jogou uma cusparada no chão, longe. Apagou com a ponta dos dedos o fogo do isqueiro de mecha. Depois, olhou o doutorzinho bem na cara:

— Pois se cumpra a lei, seu doutor. Lei é lei.

E, num berro selvagem para o sargento que ficara na porta, como a querer impedir que alguém saísse:

— Recolhe os homens, Florindo, e se bote pelas bandas do coreto, no centro da praça!

Os caboclos entraram em fila, já de arma no ombro. O sargento encheu o saguão espaçoso com os seus gritos roufenhos de comando:

— Sentido! Dereita, vorver! Esquerda, vorver! Ordinário, marche! Um, dois. Um, dois. Um...

Batiam no chão com a sola do pé duro como tamanco. Marchavam desengonçados, com os mosquetões a balançar como paliteiro. A gurizada seguiu no rasto. Os cachorros enxeridos movimentaram-se, alegres. O coronel botou o chapelão na cabeça, enfiou com os dedos a mecha de cabelo duro que teimava em ficar de fora.

— Tá cumprida a lei, doutor. Tomara que não lhe aconteça nada. E se acontecer, o velho Julião pega um grito e a desordem para.

O Juiz agradeceu quase sem saber o que dizer. Achou o coronel diferente do que haviam dito. Era um homem de bem. Talvez um pouco rústico, mas de bem. O secretário começou a chamada:

— Almerindo Gonzales...

A manhã ia alta. O sol queimava. O mormaço do meio-dia já começava a se fazer sentir. Na praça, alguns moleques lutavam na grama. A cavalhada modorrava, de orelha caída. De vez em quando, um aguateiro passava lerdo, com a pipa a pingar água na terra seca e revolvida da rua. A venda do seu Queté fervilhava de eleitores, bebendo cerveja ou cachaça.

A votação aberta continuava. Os mesários, em mangas de camisa, remexiam na papelada, rabiscavam, anotavam. De repente, um preto espadaúdo empurrou um homem de cabelo escorrido, de chapéu nas costas preso pelo barbicacho. O sujeito testavilhou e reagiu à grosseria. O doutor, num relance, sentiu que o sangue deixava de lhe circular nas veias. Cada um dos contendores puxara um revólver. Palavrões cruzaram-se no ar enquanto eles se estudavam. O silêncio foi cortado pelo insulto:

– Vira-casaca sem vergonha!

Um tiro seco ecoou na sala. O negro se atracou. Outro tiro. A fumaça densa cobriu a mesa, entrou pela garganta do Juiz que não desgrudava os olhos da cena relâmpago. Ele ainda viu com precisão o revólver detonar outra vez e sentiu o calor escaldante de alguma coisa muito sólida e muito viva que passara raspando a sua cara. Os pedaços de reboco nas costas e sobre a mesa, caindo com estrépito, abafaram a luta que agora se desenrolava no chão, de arma branca.

Os soldados irromperam na sala como uma horda avassalante. Caíram, brutais, sobre os dois homens em luta. O preto ficou imobilizado sob a coronha de um mosquetão no peito. O branco se resguardou num canto de parede, com o revólver na mão, apontando para os soldados. Ninguém avançou. Silêncio. O barulho que se ouviu foi o das esporas cantantes do cel. Nico, entrando pesado. Parou na frente do índio acuado e viu, com o rabo dos olhos, o doutorzinho aterrorizado que quase se sumia na poltrona encimada por uma águia de asas abertas. O coronel fechou o palheiro que vinha fazendo e se encaminhou para o cabra assanhado:

– Dá cá essa arma, desinfeliz! E vai-te embora...

Chegou mais perto. Ficou encarando o homem que agora tremia, de revólver na mão. O coronel, com sangue-frio, acendeu o cigarro preso entre os dentes. Apagou a mecha em brasa, guardou o isqueiro numa bolsa da guaiaca e, rápido como um gato, esbofeteou o índio, que escorregou, grudado na parede, até ficar sentado nas lajes. Segurou o caboclo pelo pano da camisa xadrez que sobrava no peito e levantou-lhe a cabeça até meia altura; com a outra mão encheu a cara do infeliz de bofetadas que retiniam no saguão silencioso. Quando largou a camisa, o homem caiu como um trapo. Limpou as mãos uma na outra e se encaminhou para o apavorado Juiz, que não saíra da mesma posição desde que sentira nas costas o reboco esfarelado. A soldadesca retomou seus lugares. O coronel esperou que eles se ajeitassem e bateu amistoso no ombro sumido do Juiz:

– Pois é como lhe digo, doutor. Não se pode facilitar com essa gente. Fique aí com os homens e a eleição sai sem perigo. – E voltando-se para o sargento Florindo, que vibrava com os acontecimentos: – Florindo, o primeiro que incomodar aqui o doutor, passe fogo. Eleição é eleição! – concluiu, mostrando os dentes escuros de nicotina.

E saiu.

A noite veio fresca. Uma lua de quarto sobre as coxilhas, a perder de vista. Os sapos coaxando nos banhados estagnados. Um cheiro de capim úmido de sereno, de alfazema pisada, de manjericão. No centro do avarandado, o lampião chiando. Cabos eleitorais contando "causos". Entre eles, meio deslocado, o doutorzinho a admirar, calado e discreto, o velho coronel macho. Ele via ainda a figura enorme avançar, tranquila, sobre o homem armado, esbofeteá-lo sem dó nem piedade. O estalo da mão ossuda e grande nas carnes das bochechas ressoava nos seus ouvidos. Medo era coisa que aquele homem não conhecia, por certo. Quando a noite ia alta, o Juiz resolveu retirar-se. Abraçou, comovido, o coronel de riso infantil. Despediu-se. No caminho para o Hotel Quinze de Novembro, ponderou que no mundo há de haver sempre líderes e liderados. Enxergava cristalino de onde provinha o prestígio do velho caudilho.

O chimarrão continuou a roda. As cuias se cruzavam. Duas pretas gordas renovavam a água das chaleiras. Vez que outra cevavam a erva e encilhavam a cuia. O coronel, perguntou:

– E o Vicentino? – E numa ordem: – Traz esse animal aqui.

Dois peões foram buscar o homem no pátio. Vicentino entrou desconfiado. O coronel gritou galhofeiro:

– Chega aqui mais perto, imbecil!

Ele chegou. As melenas desciam pela testa, atrapalhando os olhinhos miúdos. Na cara, do lado do nariz até a ponta da orelha, um vergão sanguinolento. A boca rachada e intumescida dava-lhe um ar estúpido e abobalhado.

– Seu coronel, fiz o que pude...

O coronel começou a rir. Primeiro um riso abafado, depois um riso sacudido e foi aumentando, aumentando, até correrem lágrimas dos olhos espremidos. O índio, coitado, ria também, num esgar que dilacerava a ferida ainda aberta. O coronel se conteve um pouco:

— Um tiro a mais naquela hora e o doutorzinho nosso amigo morria de medo na cadeira.

Parou de rir. Limpou as lágrimas com um grande lenço barrado.

— Vai embora, Vicentino. Pega cinquenta de Florindo, que eu mandei. Bota salmoura nas feridas. Cura isso que o baile não terminou.

E começou a cortar o fumo para o último cigarro antes de dormir.

Primeiro um tropel quase imperceptível. Apenas alguns sentiram. Depois os cascos ligeiros abalando o chão. Todos calaram. O coronel imobilizou as mãos, com meia lâmina da faca entrada no fumo em rama. Ouviram quando o animal estacou e ainda o baque surdo do homem se boleando. Era um soldado do piquete de guarda que patrulhava a zona do cemitério. Entrou esbaforido, sem fala. Apontava para o sul. Alguém passou a ele um caneco com água; bebeu, sôfrego. A patrulha prendera um homem do coronel Paixão, maragato de Cerrito, e ele confessara que o chefe se organizava para buscar, em Rosário, os livros e as urnas da eleição, pois sabia de fraude. O adversário podia demorar um ou dois dias, mas podia também chegar naquela madrugada mesmo, para surpreender os homens dormindo.

O coronel guardou o fumo e fez a faca voltar à bainha. Enfiou as mãos nos bolsos, como fazia nos momentos de maior perigo. Começou a passear de um lado para outro. Os homens seguindo a sua sombra espichada no assoalho de tábuas largas, dobrando-se nas quinas das paredes. Ninguém ousava falar antes do coronel. Ele parou diante da janela aberta, como a discursar para o mundo:

– Pois se quer vir, que venha! – E virando-se para dentro: – Aqui ninguém tem medo de homem.

Saiu para o pátio, na escuridão da noite ensombrada de árvores. Seu peito arfava. Chamou para o galpão:

– Zé Luís! Florindo! Maneco! Marciano!

Homens saíram das trevas, acorrendo pressurosos. Alguém se aproximou lento, empunhando um lampião. Cavalos relincharam. O coronel, estatelado onde chegara. Apelou para mais gente. Queria dar ordens e sentia necessidade disso. Precisava traçar planos. "Zé Luís, com vinte homens, se postaria na estrada velha que passava pelos fundos do cemitério. Que tratassem de cavar trincheiras. Florindo pediria reforço no Destacamento e depois iria para a Viação Férrea, para os lados da Swift. Maneco e Marciano pegariam os homens de sobra e ficariam por ali para qualquer emergência." O coronel voltou para o avarandado:

— Isto é apenas para evitar surpresas. O Paixão não é homem de andar sozinho de noite na rua... – e riu frouxo da própria graça.

Despediu os homens, preocupado com a barriga a roncar forte, a testa alagada de suor frio. Na certa era serviço do sereno, depois do chimarrão. Foi para o quarto. Mandou apagar o lampião. Não quis deitar-se. Acomodou-se na velha cadeira de balanço, a ranger para lá e para cá, no assoalho áspero. A claridade fraca entrava por uma fresta do janelão e desenhava sombras no chão. Preparou mais um palheiro, só com o tato. Os dedos tremiam na brasa do isqueiro. Era coisa da doença, trabalho das cólicas. Quando chegasse a hora de atirar, a pontaria sairia firme como se a mão fosse de pedra. Ficou pensando no coronel Paixão, um homem frio e desalmado. No Passo de Santa Maria, mandava buscar os prisioneiros, ouvia o que tinham a dizer e, entre um gole e outro de mate, ordenava que arrastassem os índios para a beira d'água e lá passassem a faca na carótida de cada um. Dizia que era por causa da boia, que não daria para todos. Depois, mandava atirar o corpo no rio "para os peixes". E era Paixão quem vinha agora falar em eleição honesta! Apurou o balanço da cadeira e da rangedeira, que a barriga roncava alto que era capaz de se ouvir no galpão. Sentia-se como vítima de maleita ou quando, em 93, fora atacado de tifo. Com certeza não era nada de maior, mas costumava incomodar na hora em que mais precisava de saúde. Aqui e ali se ouvia o tamborilar dos cascos de cavalos em disparada. O coronel sentia o coração fraco acelerar. Talvez fosse o Paixão, entrando na cidade. Mas, e os homens da Ponta do Cemitério? Zé Luís não era caboclo de entregar-se sem primeiro vender caro a pele. E nenhum tiro de alarma.

Cabeceou algumas vezes, quase vencido pelo sono. Tirou o revólver incômodo, colocando-o sobre um tamborete, bem à mão. Só deitou na cama larga quando os galos estavam cansados de cantar e o dia ia alto, o sol quente a anunciar um calorão igual ao da véspera. As chinas velhas iam e vinham na cozinha calçada de tijolos. Pela casa, o cheiro acre da resina de lenha verde.

Não resistiu mais e dormiu.

Ao meio-dia, carnearam um capão para o churrasco dos homens que haviam passado a noite de atalaia. O coronel ainda sentia o mal-estar na barriga e no peito; as pernas moles e uma tontura de leve, quando andava. Assim mesmo, mandou buscar lá dentro o chapéu e ordenou que arreassem o cavalo. Foi esperar a montaria na porta grande. Ficou encostado na portalada roída de cupim. O sol queimava a grama seca das sarjetas sujas. Ninguém pela rua.

A notícia de um entrevero correra ligeiro pela cidade. De vez em quando, se vislumbrava uma cara medrosa por dentro das vidraças. Um piá ruflou as pernas finas em direção ao armazém, que mantinha uma porta semiaberta.

Trindade, o telegrafista, atravessou a esquina do Banco Pelotense e veio ao encontro do coronel.

— Boa tarde, coronel. Eu vim saber se é para pedir reforço em Livramento. Os federais do Oitavo andam por lá.

O coronel arrotou, agoniado. Uma pontada de cólica começou no baixo ventre, forçou as vísceras e comprimiu o estômago. O coração, às vezes, disparava.

— Não é preciso, seu Trindade. Tenho homem suficiente para esperar o Paixão. É surra de pelego...

Trindade ainda ponderou. O coronel firme na recusa. A briga ia ser de homem para homem. Se os federais se envolvessem no caso, o seu prestígio ficaria abalado. O telegrafista que ficasse no seu posto, que protegesse a mulher e a filharada.

Chegou o cavalo esperado e o coronel montou com esforço. Foi sozinho, levantando poeira na rua deserta. Houve quem chegasse à janela, mais confiante. Os urubus voavam tranquilos no céu alto. O sol queimava, a pino. Algumas mulheres aproveitaram a ocasião para correr à venda. Cachorros, aos magotes, trotavam na praça.

O coronel não se demorou muito. Dera uns giros pelos postos de guarda. Boleou a perna, com dificuldade. O animal espumava na tábua do pescoço. Atirou as rédeas para um peão. Foi direto ao avarandado. Sentou-se ofegante na cadeira de balanço. "Como uma velha", pensou. Sentia uma tristeza danada com aqueles formigamentos nas pernas, com as cólicas e as tonteiras que surgiam quando o perigo era iminente. Estava velho demais para aquela vida.

Chegaram mais homens ao cair da noite. Muita gente. Apeavam todos no pátio grande, entre gritos de saudação da capangada e alegria dos cachorros. O coronel, lá pelas tantas, apareceu. Mais pálido e mais abatido. Passou lento entre os homens. Chamava cada um pelo nome. Examinava as armas. Depois voltou para a cadeira de balanço; irritou-se com a insônia que já se anunciava logo depois da janta farta, da sobremesa de morango com leite e rapadura.

Maneco e Marciano passaram a distribuir os homens chegados. Quando a cadeira recomeçou a chiar, um deles pitava quieto no meio da quadra, na porta da fábrica de sabão. Outro postou-se no canto da praça, protegido pela escuridão. Quando a lua surgiu, a cidade parecia um presepe abandonado. Não se enxergava vivalma. O coronel parava, de quando em quando, para escutar melhor. O corpo alagado de suor, as mãos dormidas.

O primeiro tiro partiu das bandas do cemitério, zona guardada pelo Zé Luís. Depois outro, mais outro. Por fim, correu uma fuzilaria de meter medo. Vez que outra, um piruá chocho. A cadeira de balanço parou de ranger ao primeiro tiro. Na escuridão do quarto, o ar estava espesso. O velho reparou, alarmado, que aumentara a dormência das pernas; o suor escorria-lhe pelo pescoço abaixo. Maneco e Marciano se juntaram na frente da casa, os mosquetões engatilhados. Pareciam dois perdigueiros amarrando a caça, pescoço erguido, imóveis. De outros pontos, chegava o eco de novos tiroteios. As luzes da rua piscaram breve, sumiram quase, voltaram fortes. Apagaram de todo. Os homens que guardavam a casa do chefe atiraram-se nos desvãos das portas e nos valos das sarjetas, à procura de um rechego. Marciano correu para dentro, atravessando o varandão escuro. Entrou de mansinho no quarto do coronel. Procurou às apalpadelas a cadeira de balanço silenciosa.

– Coronel Nico...

Chegou mais perto. Tocou na cadeira; segurou o cano da bota. Subiu a mão na perna imóvel. Bateu no joelho. Encontrou a grande mão peluda hirta e fria. Teve ganas de gritar para os homens que estavam lá fora. Apertou a mão rígida, parecia estar grudada no joelho parado. Tateou mais para cima; passou pela guaiaca, pelo colete áspero, no lenço e na barba úmida. Levantou-se de um pulo e, ao querer sair, topou com Maneco que entrava cauteloso.

– Maneco, o coronel tá morto!

Houve uma trégua na fuzilaria. Tiros esparsos, agora. Tropel de cascos pela altura da praça.

Maneco agarrou forte o pulso de Marciano. Era como se tivesse recebido uma descarga elétrica. Faltou chão debaixo das suas reiunas.

– De morte morrida, Marciano? Me diga.

Serenou a briga distante. Poucos tiros. Voltara o silêncio. Ouvia-se apenas o choro fininho de Marciano. Alguém entrou, trazendo uma vela. As pretas velhas chegaram juntas, assustadas, sem compreender. Aos poucos, a notícia se espalhou. Os homens começaram a entrar devagar, tiraram os chapelões, respeitosos. Faziam o sinal da cruz e ficavam imóveis pelos cantos.

Quando Zé Luís chegou para informar ao chefe o que havia ocorrido com o inimigo, topou com aquele quadro. Um homem contou o sucedido. Entendeu aos poucos. Sentiu um nó na garganta, como se fosse um piá. Ajoelhou-se diante do velho que parecia dormir na cadeira de balanço e começou também a chorar.

Os homens que chegavam faziam alaúza no pátio grande. A gente do cel. Paixão debandara assustada, com medo do cerco. Quatro estavam ali, feito prisioneiros. Zé Luís saiu do quarto e foi para fora. Fez sinal ao ajudante, que desmontava. Marciano e Maneco se aproximaram. Os quatro inimigos foram trazidos para o meio deles. Alguém levantou um lampião bem na cara do que estava mais próximo. O índio jovem tremia de alto a baixo. As lágrimas de Zé Luís brilhavam à luz fraca. Puxou um deles pela camisa e não se conteve:

– Carrega esses éguas pro taquaral e passa o facão!

Reforçou a ordem passando a mão direita em cutelo pela carótida.

Amanhecia em Rosário do Sul. Uma terça-feira. Via-se pela luz diferente do céu, pelo azul violáceo sobre as copas das árvores, que seria um dia seco e quente. Zé Luís ainda relanceou os olhos pelos companheiros que se mantinham apalermados em volta. Recomendou com a voz embargada:

– Já sabem, o coronel morreu como macho, na briga!

E voltou para o quarto, chorando como criança.

A Ronda Noturna

Que canto que não se canta?
Que reza que não se diz?
Quem ganhou maior esmola
Foi o Mendigo Aprendiz.

Na casa do subprefeito Agostini, os políticos militantes se reuniam para tratar das eleições, a convite do presidente do subdiretório do PSD. Padre Ernesto não tomava conhecimento da parlapatice. Duas horas da tarde é hora propícia para a sesta, barriga cheia e sede morta. Hora de limpar a poeira das sandálias, de modorrar. A voz empostada do doutor Salviano, o candidato, era como um zumbido de abelha-mulata em parreiral de janeiro.

– Não temos o direito de cometer os mesmos erros praticados no passado. Errar é humano, persistir no erro é burrice. – Referia-se aos poucos votos que tivera nas eleições anteriores. Ficara como décimo suplente, sem nunca haver assumido. – O adversário está fraco, é verdade, mas não está morto. Os quatrocentos votos deste Distrito são importantes para a nossa causa. – E para o padre que cabeceava: – O senhor sabe disso melhor do que ninguém. Do outro lado estão os ateus, os arrivistas, os comunistas, toda essa corja que coloca os mandamentos de Deus sob a sola dos pés.

O subdelegado conversava em surdina com o presidente do Diretório Distrital do partido, um mulato claro de carapinha em forma de elmo, um barrete frígio de astracã. Gaetano, gerente do Frigorífico Estrela, palitava os dentes e consultava o relógio de bolso, volta e meia, um cebolão de prata cuja tampa se abria à pressão do polegar e se fechava sempre com um estalido notório.

Biloca, filha mais velha de Agostini, ouvia a conversa de longe, sentada numa cadeira de balanço, bordando um trapo qualquer. As coxas grossas sobravam da saia, fazendo um babado na borda de palhinha da cadeira. O sargento Milcíades, do Destacamento de Polícia, fisgava o quanto podia a oferta generosa. O candidato defendia os seus votinhos:

— Seu Gaetano, por exemplo, é dono de mais de oitenta votos, por baixo...

— Bem, dono é força de expressão, doutor Salviano.

— Dono, como não? O senhor manda e não pede. Tem até como saber quem votou contra e quem votou a favor. O essencial, em eleição, é estar disposto a ganhar.

— Vamos riscar da nossa vida partidária a palavra derrota.

Correu a mão sobre o tampo escalavrado da mesa, traçando um enérgico risco hipotético.

– Vou fazer o possível, doutor.

– Que possível qual nada. Até já ficou decidido instalarmos uma urna só para os seus operários, no próprio Frigorífico. E fique sabendo, ninguém de fora poderá votar naquela urna.

Padre Ernesto deu uma testavilhada brusca e corrigiu o equilíbrio. Olhou em redor, desconfiado, para saber se alguém havia notado.

– O padre, vejam os senhores, dispõe de uma arma poderosa. Sua palavra, vinda da Igreja, é acatada e seguida. Mas nada de meias palavras, que essa gente não é de muita cultura e nem saber – corrigiu logo para não dar a entender que menosprezava os habitantes do Distrito –, ou melhor, gente que vive do seu trabalho e sem tempo a perder com leituras. Afinal, padre Ernesto, precisamos somar esforços – era a sua frase preferida –, pois é uma luta contra as forças do mal, contra o ateísmo que grassa por aí.

Gaetano levantou-se, resoluto, enfiando o relógio no bolso do colete.

– Me dão licença, preciso ir. De noite, estou na sede do partido. O que for decidido lá, está decidido.

A reunião aguava. Influência talvez do sol batendo no casarão de madeira. Gaetano carregou consigo o madeireiro Zanela, um manguarão de cara esculpida em pedra, camisa preta, de luto. Falava pouco e tatibitate, trambolhando as palavras, tatamba. Deu um "até-logo-mais" dividido e tropeçado.

Ficaram o doutor Salviano, o mulato Santos, sargento Milcíades, o dono da casa e o padre. O interesse do candidato era visível:

– Meu caro – dirigia-se ao padre –, o senhor é o nosso homem-chave. Com o prestígio que tem, com a sua penetração no meio do eleitorado, ganha quem tiver o seu apoio.

– Farei o que puder, com a Graça de Deus. O que puder, esteja certo.

Agostini gritou para os fundos da casa:

– O café, mulher! – Deu um soco na mesa, irritado. – Porca madona, ô café arrastado, esse! Desculpe, padre.

– Não se incomode, Agostini, a gente já tá de saída – disse o mulato presidente do Diretório. – Café não é artigo de primeira necessidade.

– Mas que nada, café se faz num upa. A mulher é que é enrolada. Filha, vai lá ajudar a tua mãe.

As coxas saíram da sala. O padre espantou as moscas. Falou sem gosto:

– Doutor, eu nunca fiz política assim como os senhores fazem. E me interessa pouco. Essa coisa muda muito e a Igreja de Deus é eterna. Na hora, eu recomendo os candidatos que forem melhores. Ou, pelo menos, os que me parecerem melhores. Sabe, na minha paróquia, tem gente de todos os partidos.

O candidato fez um gesto nervoso:

— Bem, reverendo, tudo o que nós fazemos no mundo é político, no bom sentido.

— Compreendo, doutor, mas sempre há alguma diferença. Política partidária, por exemplo.

— Veja, padre – meio que perdia a paciência –, na semana passada falei com o Arcebispo...

— Respeito muito Sua Reverendíssima, mas aqui, na minha paróquia, mando eu. Isto é – fez uma cara cômica –, enquanto eu viver.

— Quer dizer que o senhor é contra...

— Não sou contra ninguém, meu filho.

— Contra o partido aqui no Distrito?

— Contra ninguém, nem contra nada. Se quer saber, aqui entre nós, sou a favor de Nosso Senhor Jesus Cristo.

— Todos nós somos, ora essa.

— Então, estamos todos de acordo. O resto é detalhe, doutor.

Dona Zina entrou com um bandejão, xícaras de louça-ágata, um bule de alumínio e, radiosa, uma bacia de milho verde cozido em água e sal. A conversa foi suspensa na hora. Padre Ernesto passou a mão numa espiga verdulenga, de grãos novos, e se alegrou pela ocupação da dentadura frouxa. Adeus, discussão desagradável. A conversa virou safra, chuva e calor. Doutor Salviano indócil para voltar ao assunto que escapara. Então, o padre fazia corpo mole, mais uma vez. Bebeu o café fraco, empinando a xícara e a cabeça, olhos fixos no padre, a matutar sobre novos argumentos. Não podia perder a olada. Acabou de degranar a espiga, enchendo a boca, e ficou sem saber onde largar o carolo. Dona Zina socorreu prestativa, pegando o sabugo e jogando pela janela, para as galinhas ávidas. O padre sentiu o perigo da recarga:

— Agora, vão me dar licença. Para a Igreja não há sol nem chuva. Tenho ainda muito, muito que andar.

Salviano bispou a retirada estratégica. Biloca, reforçando o café nas xícaras, sentiu o olhar do sargento devassando o decote na hora de se debruçar para servir. O atrevido ainda agradeceu com uma palmadinha no braço roliço. Prosseguiu ajudando a mãe no abastecimento.

— É cedo ainda, reverendo. Temos tanto que conversar.

— Desculpe, doutor. Antes da noite, preciso fazer quatro visitas a doentes. Eles precisam muito mais de mim.

Levaram-no até a aranha. Enquanto era empurrado, que o corpo pesado custava a subir, o sargento salaz pedia um pouco mais de café a Biloca, arredia e encabulada, mais apetitosa com aquele ar recatado e olhar ingênuo. Depois, começou a limpar a mesa do repasto improvisado, recolhendo os sabugos. O vestido de algodão barato deixava ver, no movimento, a dobra interna do joelho, uma carne íntima, pudenda, ímã irrecusável para os olhos do sargento. Biloca parecia saber disso. Pela cava rasgada, ele vislumbrava o seio nu, solto e achatado sob o vestido. Ela demorava no trabalho. O sargento adivinhando o corpo, lascivo, despindo e agarrando na busca afoita, e atabalhoado imaginário da posse, uma posse animal e egoísta.

– Sargento...

Levou um susto, como se houvesse chegado alguém em meio ao ato. Fora descoberto em pleno coito. Caiu em si, sorrindo apalermado, de volta ao mundo.

– Sargento, conto com o senhor para coibir a fraude eleitoral. O senhor é a autoridade máxima por aqui.

"Coibir, que diabo vinha a ser isso?", concordou com um meneio de cabeça, sofrendo por haver perdido Biloca e suas carnes alvaiade e cor-de-rosa. A importância da "autoridade máxima" compensara, muito embora preferisse ver pelas costas o doutorzinho pernóstico.

A reunião acabara, praticamente. Apenas o candidato não se conformava com as negaças do padre.

– Pelo que vejo o nosso reverendo prefere fazer o jogo do PTB.

– Ora, doutor, o melhor é deixar o padre de lado – ponderou Agostini.

– Mas, então, vamos deixar que ele fique trabalhando contra nós? Pois eu não entendo assim. Vou fazer uma denúncia ao Arcebispo sobre aquele negócio que todo o mundo sabe de andar fazendo visitas à pensão de mulheres na Picada Nova Trento. Tenho testemunho de gente que o viu bebendo cerveja naquela espelunca.

– Mas aquilo nem fica no nosso Distrito, doutor. E se há gente que precise de religião são justamente aquelas infelizes.

– Se querem religião, ótimo. Todo o mundo que quer religião vai à Igreja. Pra mim, isso é um escândalo.

O mulato Santos, calado, limpava o suor do rosto com o lenço enxovalhado. O sargento ainda comia milho verde. Devagar, por causa dos dentes cariados. Não se envolvia muito em política. Preferia mandriar na subdelegacia. Receber o soldo e mulherar com a desculpa da ronda noturna. E tudo de graça, em troca da segurança. Agitava-se de noite para lesmar durante o dia. Pai da gavionice em nome da lei. Mas, em reunião de qualquer partido, lá estava ele. Milho verde aqui, uma passarinhada de vez em quando, codorna à escabeche, galeto al primo canto e o vinho sempre fácil, produto da casa. Entulho sem cor partidária, que não era homem de andar escanelado por opinião. No fundo, dava razão ao padre. O almofadinha maninelo que fosse bater noutra freguesia, olha só! O demais entrava por um ouvido e saía pelo outro. Boa gente, o padre Ernesto.

Saíram todos para o pátio. Doutor Salviano daria carona no seu jipe. Biloca, atrás da janela, espiando curiosa. O sargento passou perto:

– Até amanhã, Biloca. Obrigado pelo café.

Ela não respondeu, enleada. Ele ainda parou na porta, ajeitando o quepe, ansiando por pescar um olhar de entendimento, um gesto qualquer.

Milcíades era capaz de jurar que o jipe que passara do outro lado da pracinha era o do doutor Salviano. A reunião do partido acabara, na certa. Deveria estar levando Agostini para casa. Montou mais uma vez e foi zanzar ao léu na ronda malandra sem muita finalidade, por gosto de andar sem sol, na noite calma. O sono vinha pela manhã, depois do café reforçado, quando os soldados liberados da ronda tomavam conta da Delegacia. Aí, ele dormia largado.

O cavalo andava a passo lerdo, ele fumando palheiro e a espada presa à sela tilintando de encontro ao metal do estribo. Pensamento perdido, corpo largado. Titubeou entre o caminho que ia para a Estrada da Forquilha e o que ia dar na nova estrada federal em construção. Preferiu esta. Passaria, assim, pelos fundos da casa de Biloca, àquela hora dormindo, os dois seios grandes derramados sobre o lençol. Continuou sem pressa, os cascos do animal enterrando no chão fofo.

Uma sombra estranha projetava-se à beira da estrada de terra remexida. Sofreou o cavalo e apeou, precavido. Ouviu vozes. Embarafustou junto à cerca, protegendo-se com os arbustos baixos. Esgueirou-se atento, rumo às vozes abafadas. Chegou perto. Viu o jipe do doutor Salviano e gente dentro dele. Estava agora a seu lado. O doutorzinho amando Biloca, a desavergonhada. Dizia coisas em surdina, como qualquer mulher da vida. E o safado do moralista como se estivesse na cama, porta e janela, entre quatro paredes escondendo tanta vergonha. Salafrário. Tirou com cuidado o 38 do coldre e bateu, de surpresa, no ombro do doutor.

— Toca embora, seu patife, senão levo os dois para a Delegacia.

— Sargento, eu...

— Some daqui, seu calhorda!

Tirou Biloca do jipe, nua a cadela. Pegou o vestido que fazia o para-brisa de varal, e, de revólver apontado, viu o desgraçado ligar o motor e garfiar pela estrada federal poeirenta.

Carregou Biloca para o quintal, rumo ao celeiro com cama de palha de milho. Um ratão fugiu apavorado.

– Donzela de meia pataca, sua deslavada. Pra mim, nada. Pro doutorzinho perfumado, até palavrão de gozo.

– O que o senhor vai fazer?

– O mesmo que o patife estava fazendo. E bico calado.

Ela continuava de pé, no escuro do galpão, enquanto ele despia a farda. Um galo cantou alto, do lado, batendo com as asas de encontro ao corpo. O sargento sorria, enquanto puxava Biloca para junto de si, acochando-se amoroso.

O Beijo na Boca

Estranha Nau que não demanda os portos!
Com mastros de marfim, velas de prata,
Toda apinhada de meninos mortos...

Os ossinhos de rabada eram os bois pastando na mangueira circular, cercada pelos espeques de galho de marmeleiro. Mangueiras, bretes, potreiros e banheira cavada no chão de grama rala, cheia de uma água parda fazendo as vezes de remédio contra carrapato. Por cima de tudo a sombra acolhedora de uma velha figueira de tronco centenário, onde minúsculas formiguinhas vermelhas faziam os seus persistentes carreiros que o vento ondulava e desfazia, atirando-as no ar, onde pareciam flutuar, de tão leves. Se caíam sobre a pele do pescoço, dos braços ou do peito nu, deixavam logo o sinal da picada dolorosa.

Vicente começou a deslocar sua tropa em direção à banheira. Mudava os ossinhos, pacientemente. Ouvia o mugir das vacas, o resfolegar nervoso dos touros. Ia falando "Oi, oi, oi", e o gado avançava sempre. Abriu a porteira do brete. Enfileirou as reses e com uma longa vara cutucava o gado por cima, impelindo-o para a água. Encheu a banheira barrenta.

Quando meteu a mão para tirar os boizinhos imaginários, um pé calçado de botinas reiunas enterrou os dedos no buraco escavado no chão. Outro pé chutou a cerca de gravetos. Um vendaval ou um terremoto. A risada grosseira de Deco foi o chamamento à realidade.

Vicente recolheu, medroso, a mão ferida e enlameada. Quando esfregou o barro, notou o sangue misturado com terra e a dor aguda que aflorou do corte entre os dedos. Olhou para o alto e viu, contra a copa da figueira e as nesgas do céu luminoso de setembro, a cara pintada de sardas de Deco. O riso do inimigo mais velho, a dor fina na mão machucada, as cercas arrasadas e a banheira desfeita. E a vergonha do choro mal contido que ia aumentando entre palavrões de ódio. Ergueu-se e levantou a vara para bater na cara do outro, para deixar vergastados os lábios que riam e os olhinhos apertados e maus do menino maior.

A garra forte do adversário segurou o pulso ferido e uma bofetada estalou nos dentes, cortando a língua e resvalando na boca. Dominado, deu pontapés a esmo, soqueou desesperado. Cuspiu sobre o inimigo poderoso. Lembrou-se do revólver do vaqueiro que derrubara o bêbado na venda, fazendo com que, do peito do homem, jorrasse nauseabundo sangue vermelho. O vaqueiro tinha uma forma de poder entre os dedos. E, assim como matara o bêbado, mataria o gigante Golias.

Foi manietado e derrubado, impotente. Deco acavalou-se, rápido, assentando-se sobre o seu ventre. Prendeu os seus dois braços com os joelhos. E com a velocidade do raio estalava bofetadas no rosto contraído.

– Tu vai me dar de vara, seu sacana, vai?

Com gosto de sangue na língua, ele tentava cuspir o inimigo montado sobre a sua barriga. Outra e mais outra bofetada.

– Vou te quebrar os dentes, fedelho de uma figa. Isto é para aprender a respeitar os mais velhos, filhinho da mamãe. Maricas!

Vicente esmoreceu e deixou de resistir. Apenas um choro soluçado e fininho. Os pulsos latejando e a respiração difícil pelo peso das nádegas do outro. Já não enxergava quase nada. As lágrimas, misturadas com a terra, formavam uma pasta-ardente sobre os olhos, escorrendo até as orelhas.

– Me larga – implorou.

– Então pede perdão, seu sacana!

– Me larga.

– Pede perdão ou eu não saio nunca mais daqui.

Era um pesadelo sem fim. Àquela hora, ninguém passava pelos fundos da igreja. O reverendo Inácio saíra para acertar com o comandante do batalhão a venda das laranjas para a sobremesa dos soldados. Seu Eduardo, o zelador, tirava a sesta em casa. Os guris haviam combinado pescar no Santa Maria.

Um líquido quente e pegajoso caiu na testa de Vicente e escorreu-lhe pelos olhos e cabelos.

– Não cospe!

– Cuspo e está pronto. – E voltando a martelar: – Pede perdão, maricas.

Viu o rosto de Deco aproximar-se, cobrindo a luz forte que coava da galharia da figueira. Aspirou o hálito morno e repulsivo do inimigo.

– Vai pedir ou não vai pedir perdão, seu sacana?

Reiniciou o choro fininho e triste. Não suportava mais a dor dos pulsos presos e o peso do outro sobre o ventre esmagado.

– Vou te beijar na boca, feito menina. Você é menina. Assim... pede perdão, filho duma égua!

– Perdão.

– Ah, pediu perdão, seu sacana. Pede de novo!

– Perdão – gemeu Vicente, morrendo de vergonha.

Num repelão, Deco saiu de cima do outro, que se encolheu de lado, soluçando, a esfregar os pulsos. Limpava o rosto com a manga da camisa suja. O corpo tremendo. Deco terminou de arrasar as mangueiras e os bretes. Chutava para longe os ossinhos de rabada. E saiu correndo pelos fundos da igreja abandonada, pulando um muro baixo de pedras e tijolos.

Por entre as lágrimas, Vicente viu a extensão do ciclone. Tudo arrasado. Passou a juntar o gado extraviado, os gravetos das cercas e dos bretes, escondendo-os na caverna de uma árvore queimada. Todo o corpo lhe doía. Quase não sentia a boca inchada e dormente. Nos pulsos, os vergões roxos dos dedos de Deco. Apenas o ódio de tudo e de todos. O mundo hostil em redor. Bateu e esmagou, com um pedaço de pau, os carreiros de formigas que desciam e subiam no tronco da velha figueira. Cuspia sobre elas.

Foi até ao poço e aproveitou um resto de água no balde para lavar a cara, refrescar os pulsos e as feridas. Esfregou com força o rosto para tirar o nojo do cuspe do outro, o cheiro imundo e ácido da saliva grossa. Depois, enxugou-se com uma toalha velha e encardida deixada no varal. E saiu, aproveitando a sombra do casario baixo, na tarde ensolarada e modorrenta.

De repente, viu Deco entrar no terreno onde estava sendo construída a nova igreja.

Ficou de longe, temeroso. Uma hora em que as ruas estavam desertas. Do outro lado da praça, defronte à fábrica de sabão, carroças descarregavam barricas de soda cáustica, como faziam uma vez por semana, enquanto as mulas dormitavam sob o sol. Correu para o terreno alto, lindeiro das obras. Havia ali um caminho conhecido, onde eles brincavam de pega--ladrão. Caminho aberto entre os carrapichos e as urtigas de folhas rendadas que queimavam como ferro em brasa. Era ali que caçavam as aranhas caranguejeiras, mijando na toca entre as pedras. Os bichos saltavam como impulsionados por molas e caíam direto nos vidros com álcool. Os troféus ficavam expostos na sede dos escoteiros. As aranhas e as lagartixas espetadas sobre pastas de algodão. As cobras enroscadas nos vidros, como fetos.

Subiu na mureta em ruínas e procurou divisar o outro. Espiou de cima do muro de arrimo. Deco estava de costas, agachado, olhando qualquer coisa. Pouco mais afastado, um homem trabalhava numa mesa de carpinteiro, aplainando uma tábua. O inimigo reunia gravetos e tentava armar uma ponte sobre o fio de água leitosa que vazava da caixa de cal. Foi quando Vicente enxergou a ponta de um caibro que se apoiava no muro. Estava quase de pé. Qualquer movimento seu poderia derrubar o caibro, que cairia com estrondo sobre a pilha de madeira velha junto ao muro; Deco levaria o maior susto da sua vida. O covarde correria como um coelho. Lá embaixo, o outro continuava distraído, canalizando a água suja que serpenteava num filete. Então, Vicente esticou o braço e forçou a cabeça do caibro; este afastou-se do muro e, por um momento, ficou como um homem bêbado que estivesse a ponto de cair. Rodopiou mais forte e começou a estatelar-se entre o madeirame.

Antes de descer correndo o morrinho, Vicente ainda teve uma última visão do outro, impassível na posição inicial inventando um rio onde barcos de pescadores navegariam e onde as formigas distraídas morreriam afogadas.

Embarafustou pelo pátio da capela, esgueirando-se pelas cercas de taquaras velhas, nos desvãos abertos pela cachorrada vagabunda. Chegou sestroso em casa. Foi direito ao tanque onde a mãe passava o dia lavando roupa. Refrescou a cara e os braços com a água da torneira. Tremeu ao ouvir a voz esganiçada da mãe:

– Vicente, onde é que você andava?

Com a camisa rota ainda cheia de terra, ele não disse nada. Procurou, apenas, manter uma certa distância. A mãe batia sem aviso, de repente, duro e rápido.

– Você andou brigando, já vi. Olha esta camisa, Vicente. E no braço, o que foi isso?

Correu, pulou uma janela e entrou em casa. Foi direto para o seu quartinho nos fundos. Meteu-se debaixo da cama. E sentiu uma incoercível vontade de dormir quando encostou a cabeça dolorida na tábua fresca do chão. Ficou com a cara encostada nos bicos da botina domingueira, o cheiro forte de estrume e couro cru entrando pelo nariz. Muito ao longe, o ruído de vozes e o entrechoque de louças na cozinha. O tom metálico da voz do pai. Era a vida de todo o dia, inclusive o som ritmado da pá contra o tacho onde a negra Doninha preparava a goiabada, dando-lhe ponto. A goiabada que depois ia para as caixetas de madeira e que era comida nos serões de inverno, o pai fazendo as contas do dia, a mãe bordando ou fazendo crochê. Vicente chegou a ver as bolhas de ar na massa fervente e escura. Cresciam, cresciam, e com um jato de vapor murchavam, fazendo um barulho engraçado que lembrava a avó dormindo na cadeira de balanço. E dormiu.

Comia o pão com geleia de todos os dias, puxando os nacos com os dentes. Botou um punhado de farinha de mandioca na xícara de café com leite. Ao mexer-se na cadeira, sentiu, nas nádegas, a surra que apanhara na véspera. A mãe batera-lhe com uma régua preta, flexível. À noite, Doninha fora até seu quarto e aplicara compressas de sal com água morna. Olhou, de soslaio, para o pai que passava um pente nos cabelos ralos e vestia a melhor roupa. Estava voltado para a janela. Então, o pai falou, sacudindo o pente no ar, como se empunhasse uma batuta:

– Estou sempre dizendo que não quero esses meninos brincando no olho da rua, feito moleques. Isso podia ter acontecido com o Vicente.

A mãe tirava a mesa e recolhia as migalhas. Falou com voz diferente, muito branda:

– Pobre da Adelaide. O Deco ia fazer treze anos agora em julho. – E suspirando fundo, desconsolada: – Que morte horrível, meu Deus!

Vicente sentiu a garganta fechar-se. Um aperto violento na boca do estômago. De que falavam eles? Parou de comer. O pedaço de pão que acabara de engolir desceu rascando por dentro. Uma zoada no ouvido. Mas de que falavam eles? O covarde cuspira na sua cara e ainda lhe beijara a boca. A própria xícara, na sua frente, estava cheia de baba viscosa do maldito. Falou meio engasgado:

– Que é que tem ele, mãe?

– Toma o café de uma vez e vamos lá na casa dele. O Deco estava brincando lá na obra da igreja e um caibro caiu do muro bem em cima do pobrezinho. E eu vivo dizendo que não te quero ver brincando lá. Vê em que dá a teimosia?

Vicente debruçou a cabecinha sobre o braço e começou a chorar perdidamente. A mãe veio afagar-lhe os cabelos. Fez um sinal ao marido, pedindo silêncio.

– Não chora, filho, Deus sabe o que faz. Era a hora dele. Agora, vamos lá nos despedir dele. Vai lavar o rosto e trocar de camisa.

Na sala cheia, o pai e a mãe cumprimentavam as pessoas. Diziam sempre a mesma coisa. Vicente se aproximou do caixão e ficou frente a frente com a cara de cera. A cabeça lívida aureolada de florezinhas do campo. A mãe, de preto, passava a ponta dos dedos na testa do filho morto e dizia coisas imperceptíveis. Os olhos estavam úmidos, mas não choravam. Vicente ouviu a voz da mãe:

– Te despede do teu amiguinho, meu filho.

Não se moveu. Sentia um nojo insuportável daquela boca descorada e fria. Uma boca que estava ao alcance da sua e que não o atemorizava mais. Feita de pedra. Ou de borracha gretada. Ele poderia agora cavalgar aquele ventre, botar os dois joelhos sobre os braços em cruz e esbofetear à vontade o rosto de cera. De nada serviria fazer com que ele pedisse perdão. Era agora um boneco paralítico dentro da sua ridícula caixa de papelão. Manietado. Impotente.

Sentiu a mão áspera do pai sobre a nuca e viu-se compelido para o rosto inerte. Era como se estivesse sentindo o hálito do inimigo. Ouviu nitidamente a voz do outro:

– Vou te beijar na boca, feito menina. Você é uma meninazinha!

Passou o dorso da mão sobre a boca, como se estivesse limpando ainda a saliva quente e pegajosa que o outro havia derramado na sua cara. Tinha um ar quase alegre. Sem desviar os olhos do morto, cuspiu, acintosamente, no chão da sala.

Terra de Ninguém

Ave da Noite! Asas do Horror! Voejai!
Que a luz, trêmula e triste como um ai,
A luz do morto não se apaga nunca!

Acharam o corpo dobrado entre as pedras. Bem acima da orelha um horrível ferimento. A farda suja não tinha divisas nem galões. Os pés descalços e a braguilha rompida como um pano de boca de um daqueles antigos teatrinhos de marionete. Um pobre menino, soldado de vinte anos, no máximo.

Em geral, quando as tropas se retiram, mal podem carregar seus vivos e semivivos, os restos vitais de comida e lá um que outro apetrecho de guerra para que não caia em mãos do inimigo. Os mortos, esses são largados ao Deus-dará. Quem puder e tiver tempo de sobra que os enterre – e se a intenção for de fato generosa que trate de trançar dois galhos em forma de cruz, construindo sobre o buraco um montículo de terra e pedras para assinalar que ali embaixo há um soldado morto, para que os homens dele se desviem, não profanando com a sola das botas a memória de quem morreu lutando pela pátria. Se lutou por dinheiro, o mercenário – e isso foi sempre comum através dos tempos –, que ao morto sejam prestadas as mesmas homenagens, pois teve, pelo menos, a coragem de lutar pela ganância e de não acreditar em deuses e mitos. A forma de morrer é secundária. O que importa é o respeito diante do cadáver de um homem que mal chegara aos vinte anos e que mal começava a viver para as pequeninas coisas que fazem da vida uma razão decente para que alguém a ela se apegue com unhas e dentes.

Quando um general consulta seus mapas e analisa os seus alfinetes cuidadosamente pregados, e esses alfinetes dizem claramente ao comandante em chefe que suas estratégias falharam e a única saída honrosa é descobrir uma brecha qualquer por onde todos possam escapulir com um resto de dignidade, os regulamentos militares estabelecem uma série rígida de prioridades. A última delas é enterrar seus próprios mortos, que eles nada mais sentem, já deram tudo de si para a nacionalidade e nenhuma tortura humana será capaz de arrancar dos bonecos destroçados uma palavra sequer que possa delatar os planos e táticas do regimento. Os mortos, principalmente os soldados, são silenciosos e discretos por natureza e por vocação.

O soldado morto não tinha nome. Dobrado como estava, parecia haver-se acomodado para dormir pela eternidade a fora. Os demais mortos, e os havia em profusão, permaneceriam meio submersos numa sanga rasa. O melhor era deixá-los onde se encontravam, apodrecendo, que a natureza é sábia e os bichos vorazes se encarregariam de comer suas carnes, seus galões e divisas.

O general obedecera aos alfinetes e transmitira ordens a seu ajudante de campo, este aos coronéis, que por sua vez as transferiam a majores e capitães, tenentes e sargentos. Foi assim que os homens tomaram conhecimento da ordem que os mandava seguir em coluna indiana rumo à ponte, a qual deveria ser transposta numa operação relâmpago de poucos minutos. Um sargento do último pelotão disporia do tempo suficiente para amarrar uma carga respeitável de dinamite no pilar central da ponte de madeira. Durante a missão, o comandante trataria de reagrupar os homens na margem oposta, já então com a barragem da massa d'água que corria veloz rumo ao mar distante.

Quando a vitória se mostra realmente impossível, sempre se pode transformar a retirada num ato heroico, embora aquele pobre soldado morto não tivesse mais condições de saber tal verdade. Nem que o sargento, com seus três ajudantes voluntários, houvesse voado junto com a explosão e com o velho madeirame da ponte, quando haviam conquistado o direito de receber uma citação coletiva do comando e mais a recomendação póstuma de que seus nomes fossem incluídos na lista sumamente honrosa dos que haviam morrido em pleno combate como heróis exemplares.

Mas o inimigo não apareceu naquela noite, nem na madrugada cheia de augúrios. Não despontaram nas ravinas junto com o nascer do sol e os generais começaram a ficar muito decepcionados. Nem sequer dispunham mais de ponte para expedir algumas patrulhas extras de reconhecimento. É verdade que os alfinetes dos mapas começaram a ser deslocados e muitos deles perderam suas funções, porque não se sabia mais onde os inimigos andavam, nem sequer desconfiavam de suas intenções. Houve uma desagradável sensação de que eles também se retiravam, pois logo depois ouviam o eco de outra explosão denunciando que a outra ponte, mais abaixo, também acabava de ir pelos ares.

Criou-se, assim, uma terra de ninguém onde não havia sinal de vida, a não ser nos desenhos caprichosos traçados pelas asas de estranhos pássaros negros. Os lavradores, com o passar dos dias, puderam novamente palmilhar o terreno, vasculhar o horizonte, farejar uma ausência que parecia definitiva. Foi quando encontraram o jovem soldadinho dobrado sobre si mesmo, com um horrível ferimento bem acima da orelha.

Deduziram que os companheiros em fuga estavam na outra margem do rio e que os inimigos não tinham chegado, talvez nem mais viessem. E como a época era de amanhar a terra para o plantio, convinha aproveitar a lua para que as espigas sazonassem com vigor, entenderam que seria melhor limpar o chão e começar o preparo da semeadura. Por isso resolveram cavar um buraco fundo onde enterraram o herói e sobre a sepultura trançaram dois galhos em forma de cruz, amarrando-os com cipó-escada. Sem se dar conta, erigiam no mato, sob as árvores, um modesto túmulo dedicado ao Soldado Desconhecido.

Não ficaram sabendo se o cadáver era mesmo de um herói ou de um pobre diabo que morrera fugindo de inimigos invisíveis, ou se tombara ao buscar proteção segura nas sombras do mato, para não ter que atravessar o rio e assim continuar a obedecer às ordens das cabeças de alfinetes.

Mas era um soldado morto, pouco mais de vinte anos, e se não estivesse morto talvez pegasse na rabiça do arado e ajudasse os lavradores da terra de ninguém no árduo trabalho de semear, de capinar e de colher quando a época fosse chegada. Afinal, os lavradores estavam ali para preservar a vida áspera e crua e não para glorificar a morte nem suas condecorações.

Ninguém se dera conta, porém, das mães que haviam perdido seus filhos e que agora deambulavam sem direção, a todos perguntando se não teriam por acaso notícias deste ou daquele menino. Quando souberam que os homens haviam enterrado um jovem soldado anônimo, muitas delas aproveitaram para ajoelhar-se ao pé da cruz, em lágrimas, descabelando-se, como se o desconhecido fosse realmente o seu amado filho. Era assim que elas chegavam ao fim do longo dia, após a faina de sol a sol. E o soldadinho, mesmo não sendo filho de qualquer uma delas, começava a receber as suas primeiras orações e a tão merecida paz depois de tantas batalhas cruentas e inexplicáveis.

As guerras, como tudo o mais, têm o seu fim – e eles sabiam disso pela sabedoria dos tempos e pela passagem de todas as eras. Como de resto o sabiam os animais e até as coisas inanimadas. E se aquela ainda não havia terminado, realmente, pelo menos os soldados, os oficiais e os generais haviam sumido sem deixar rastos. Talvez não subsistissem mais as razões pelas quais lutavam. Ou se teriam mudado para outras regiões, baías e enseadas, ravinas ou pantanais. A geografia é fundamental para os exércitos e se as guerras pudessem ser trasladadas de uma parte para outra do mundo é quase certo que os inimigos se confraternizariam como velhos camaradas de infância. Sim, a geografia é muito importante.

Por fim, os lavradores chegaram de maneira obscura à conclusão de que a terra onde moravam saíra do mapa de alfinetes e que os generais repensavam suas posições e suas ordens sobre outra topografia. Disputavam outras montanhas e canhadas e se valiam agora de outros rios distantes e desconhecidos para os avanços e as retiradas honrosas. Portanto, o pesadelo passara. Era coisa de antigamente. E as mães, envelhecidas, haviam gasto todo o seu amor e todas as suas lágrimas durante a longa vida.

Embora sem uma consciência mais clara do eterno carrossel, sabiam que a cada dia estavam mais chegadas às covas das sementes e que bastaria deixar o corpo cair e deitar-se no sulco da aiveca deixado pelo arado. E com gestos de ternura e cansaço, puxariam com as próprias mãos o punhado de terra que as esconderia do mundo e de qualquer lembrança. Renasceriam, então, como espigas de milho ou como vagens de feijão preto ou, se fosse o caso, como o frágil girassol.

O soldadinho encontrado no chão com aquele horrível ferimento bem acima da orelha, dobrado sobre si mesmo, trataria de alimentar as florzinhas que as mães costumavam deixar sobre a terra, num antigo sinal de amor e de saudade.

Pois as mães se compraziam, nas intermináveis noites de inverno, em tomar o pequeno soldado ao colo, menino ainda, quando sacudiam os joelhos rígidos no embalo carinhoso, afagando seus cabelos sujos de barro, tendo o cuidado permanente de não tocar no ferimento ainda aberto, que por ali a vida se esvaíra. Contavam histórias de feras que não mais existiam, entoavam velhas canções de ninar esquecidas pelo tempo e umedeciam com suas lágrimas ainda quentes a pele ressequida do menino. E quando ele parecia chorar ou encolher-se aterrorizado de algo que nunca saberia dizer o que fosse, as velhinhas o acalmavam com rezas de terço, jurando que os generais haviam morrido de terror e de puro remorso. E que todos os seus mapas tinham sido queimados, e as suas cinzas jogadas nas águas dos oceanos, para que não voltassem a atormentar as crianças de vinte anos que acabavam morrendo dobradas pelo meio.

Elas sabiam que o diabo, como instrumento de sua dor, espetara os olhos de todos aqueles que odiavam com os alfinetes arrancados dos mapas incendiados, embaralhando nas cartas geográficas as posições dos inimigos que se temiam uns aos outros e que ao fugir dinamitavam as pontes, para que o passado não ficasse jamais ligado ao presente.

E todos os dias e todas as noites, primavera e verão, outono e inverno, a cada hora, o soldado que fora encontrado dobrado sobre si mesmo, com um horrível ferimento bem acima da orelha, retornava ao seu modesto canteiro de flores e descansava no que ele pensava que fosse a sua paz eterna.

Sobre o autor

Josué Marques Guimarães nasceu em São Jerônimo, no Rio Grande do Sul, em 7 de janeiro de 1921. No ano seguinte sua família mudou-se para a cidade de Rosário do Sul, onde seu pai, um pastor da Igreja Episcopal Brasileira, exercia as funções de telegrafista. Após a Revolução de 30, sua família foi para Porto Alegre, onde Josué Guimarães prosseguiu os estudos primários, completando o curso secundário no Ginásio Cruzeiro do Sul, mesma escola onde estudou o escritor Erico Verissimo.

Em 1939 foi para o Rio de Janeiro onde, no *Correio da Manhã*, iniciou-se na profissão de jornalista que exerceria até o final da sua vida. Com a entrada do Brasil na Segunda Guerra, voltou para o Rio Grande, onde concluiu o curso de oficial da reserva, sendo designado para servir como aspirante no 7º R.C.I. em Santana do Livramento. Alistou-se como voluntário na FEB (Força Expedicionária Brasileira), mas foi recusado por ser casado. De volta à imprensa, segue na carreira que o faria passar pelos principais jornais e revistas do país. Trabalhou em inúmeras funções, de repórter a diretor de jornal, passando por secretário de redação, colunista, comentarista, cronista, editorialista, ilustrador, diagramador e repórter político. Quando morreu, em 1986, era o diretor da sucursal da *Folha de São Paulo* em Porto Alegre. Atuou como correspondente especial no Extremo Oriente em 1952 (União Soviética e China Continental) e de 1974 a 1976 como correspondente da empresa jornalística Caldas Júnior em Portugal e na África.

Como homem público foi chefe de gabinete de João Goulart na Secretaria de Justiça do Rio Grande, governo Ernesto Dornelles; foi vereador em Porto Alegre pela bancada do PTB, sendo eleito vice-presidente da Câmara. De 1961 até 1964 foi diretor da Agência Nacional, hoje Empresa Brasileira de Notícias, a convite do então presidente João Goulart. A partir de 1964, perseguido pelo regime autoritário, foi obrigado a escrever sob pseudônimo e a dar consultoria para empresas privadas nas áreas comercial e publicitária.

Josué Guimarães lançou-se tardiamente – aos 49 anos – no ofício que o consagraria como um dos maiores escritores do país. Seu primeiro livro foi *Os Ladrões*, reunindo contos, entre os quais o conto que dá nome ao livro, premiado no então importante Concurso de Contos do Paraná (este concurso promovido pelo Governo do Paraná foi, nas décadas de 1960 e 1970, o mais importante concurso literário do país, consagrando e lançando autores como Rubem Fonseca, Dalton Trevisan, João Antônio, além de muitos outros).

Sua obra – escrita em pouco menos de vinte anos – destaca-se como um acervo importante e fundamental. Democrata e humanista ferrenho, Josué Guimarães foi sistematicamente perseguido pela ditadura e os poderosos de plantão, mantendo uma admirável coerência que acabou por alijá-lo do *meio cultural* oficial. Depois de Erico Verissimo é, sem dúvida, o escritor mais importante da história recente do Rio Grande e um dos mais influentes e importantes do país. *A ferro e fogo I* (Tempo de solidão) e *A ferro e fogo II* (Tempo de guerra) – deixou o terceiro e último volume (Tempo de angústia) inconcluso – são romances clássicos da literatura brasileira e sua *obra-prima*, as únicas obras de ficção realmente importantes que abordam a saga da colonização alemã no Brasil. A tão sonhada trilogia, que Josué não conseguiu concluir, é um romance de enorme dimensão artística, pela construção de seus personagens, emoção da trama e a dureza dos tempos que como poucos ele soube retratar com emocionante realismo. Dentro da vertente do romance histórico, Josué voltaria ao tema em *Camilo Mortágua*, fazendo um verdadeiro *corte* na sociedade gaúcha *pós-rural*, inaugurando uma trilha que mais tarde seria seguida por outros bons autores.

Seu livro *Dona Anja* foi traduzido para o espanhol e publicado pela Edivisión Editoriales, México, sob o título de *Doña Angela*. Por ocasião dos eventos que lembraram os 80 anos do autor foi publicado postumamente o livro de viagens *As muralhas de Jericó*, sobre sua experiência da China e União Soviética nos anos 50.

Deixou quatro filhos do primeiro casamento e dois filhos do segundo. Morreu no dia 23 de março de 1986.

OBRAS PUBLICADAS:

Os ladrões – contos (Ed. Forum), 1970

A ferro e fogo I (Tempo de solidão) – romance (Sabiá/ José Olympio, 1972; L&PM EDITORES, 1978)

A ferro e fogo II (Tempo de guerra) – romance (José Olympio, 1975; L&PM EDITORES, 1979)

Depois do último trem – novela (José Olympio, 1973; L&PM EDITORES, 1979; **L**&**PM** POCKET, 1997)

Lisboa urgente – crônicas (Civ. Brasileira, 1975)

Os tambores silenciosos – romance (Ed. Globo – Prêmio Erico Verissimo de romance), 1976 – (L&PM EDITORES, 1991)

É tarde para saber – romance (L&PM EDITORES, 1977; **L**&**PM** POCKET, 2003)

Dona Anja – romance (L&PM EDITORES, 1978; **L**&**PM** POCKET, 2007)

Enquanto a noite não chega – romance (L&PM EDITORES, 1978; **L**&**PM** POCKET, 1997)

Pega pra kaputt! (com Moacyr Scliar, Luis Fernando Verissimo e Edgar Vasques) – novela (L&PM EDITORES, 1978)

O cavalo cego – contos (Ed. Globo), 1979, (L&PM EDITORES, 1995; **L**&**PM** POCKET, 2007)

Camilo Mortágua – romance (L&PM EDITORES), 1980

O gato no escuro – contos (L&PM EDITORES, 1982; **L&PM** POCKET, 2001)

Um corpo estranho entre nós dois – teatro (L&PM EDITORES, 1983)

Garibaldi & Manoela (Amor de Perdição) – romance (L&PM EDITORES, 1986; **L&PM** POCKET, 2002)

As muralhas de Jericó (Memórias de viagem: União Soviética e China nos anos 50) – (L&PM EDITORES, 2000)

INFANTIS (TODOS PELA L&PM EDITORES):

A casa das quatro luas – 1979
Era uma vez um reino encantado – 1980
Xerloque da Silva em "O rapto da Doroteia" – 1982
Xerloque da Silva em "Os ladrões da meia noite" – 1983
Meu primeiro dragão – 1983
A última bruxa – 1987

Coleção **L&PM** POCKET (Lançamentos mais recentes)

595. **Henrique V** – Shakespeare
596. **Fabulário geral do delírio cotidiano** – Bukowski
597. **Tiros na noite 1: A mulher do bandido** – Dashiell Hammett
598. **Snoopy em Feliz Dia dos Namorados! (2)** – Schulz
600. **Crime e castigo** – Dostoiévski
601. **Mistério no Caribe** – Agatha Christie
602. **Odisseia (2): Regresso** – Homero
603. **Piadas para sempre (2)** – Visconde da Casa Verde
604. **À sombra do vulcão** – Malcolm Lowry
605(8). **Kerouac** – Yves Buin
606. **E agora são cinzas** – Angeli
607. **As mil e uma noites** – Paulo Caruso
608. **Um assassino entre nós** – Ruth Rendell
609. **Crack-up** – F. Scott Fitzgerald
610. **Do amor** – Stendhal
611. **Cartas do Yage** – William Burroughs e Allen Ginsberg
612. **Striptiras (2)** – Laerte
613. **Henry & June** – Anaïs Nin
614. **A piscina mortal** – Ross Macdonald
615. **Geraldão (2)** – Glauco
616. **Tempo de delicadeza** – A. R. de Sant'Anna
617. **Tiros na noite 2: Medo de tiro** – Dashiell Hammett
618. **Snoopy em Assim é a vida, Charlie Brown! (3)** – Schulz
619. **1954 – Um tiro no coração** – Hélio Silva
620. **Sobre a inspiração poética (Íon) e ...** – Platão
621. **Garfield e seus amigos (8)** – Jim Davis
622. **Odisseia (3): Ítaca** – Homero
623. **A louca matança** – Chester Himes
624. **Factótum** – Bukowski
625. **Guerra e Paz: volume 1** – Tolstói
626. **Guerra e Paz: volume 2** – Tolstói
627. **Guerra e Paz: volume 3** – Tolstói
628. **Guerra e Paz: volume 4** – Tolstói
629(9). **Shakespeare** – Claude Mourthé
630. **Bem está o que bem acaba** – Shakespeare
631. **O contrato social** – Rousseau
632. **Geração Beat** – Jack Kerouac
633. **Snoopy: É Natal! (4)** – Charles Schulz
634. **Testemunha da acusação** – Agatha Christie
635. **Um elefante no caos** – Millôr Fernandes
636. **Guia de leitura (100 autores que você precisa ler)** – Organização de Léa Masina
637. **Pistoleiros também mandam flores** – David Coimbra
638. **O prazer das palavras** – vol. 1 – Cláudio Moreno
639. **O prazer das palavras** – vol. 2 – Cláudio Moreno
640. **Novíssimo testamento: com Deus e o diabo, a dupla da criação** – Iotti
641. **Literatura Brasileira: modos de usar** – Luís Augusto Fischer
642. **Dicionário de Porto-Alegrês** – Luís A. Fischer
643. **Clô Dias & Noites** – Sérgio Jockymann
644. **Memorial de Isla Negra** – Pablo Neruda
645. **Um homem extraordinário e outras histórias** – Tchékhov
646. **Ana sem terra** – Alcy Cheuiche
647. **Adultérios** – Woody Allen
651. **Snoopy: Posso fazer uma pergunta, professora? (5)** – Charles Schulz
652(10). **Luís XVI** – Bernard Vincent
653. **O mercador de Veneza** – Shakespeare
654. **Cancioneiro** – Fernando Pessoa
655. **Non-Stop** – Martha Medeiros
656. **Carpinteiros, levantem bem alto a cumeeira & Seymour, uma apresentação** – J.D. Salinger
657. **Ensaios céticos** – Bertrand Russell
658. **O melhor de Hagar 5** – Dik e Chris Browne
659. **Primeiro amor** – Ivan Turguêniev
660. **A trégua** – Mario Benedetti
661. **Um parque de diversões da cabeça** – Lawrence Ferlinghetti
662. **Aprendendo a viver** – Sêneca
663. **Garfield, um gato em apuros (9)** – Jim Davis
664. **Dilbert (1)** – Scott Adams
666. **A imaginação** – Jean-Paul Sartre
667. **O ladrão e os cães** – Naguib Mahfuz
669. **A volta do parafuso** *seguido de* **Daisy Miller** – Henry James
670. **Notas do subsolo** – Dostoiévski
671. **Abobrinhas da Brasilônia** – Glauco
672. **Geraldão (3)** – Glauco
673. **Piadas para sempre (3)** – Visconde da Casa Verde
674. **Duas viagens ao Brasil** – Hans Staden
676. **A arte da guerra** – Maquiavel
677. **Além do bem e do mal** – Nietzsche
678. **O coronel Chabert** *seguido de* **A mulher abandonada** – Balzac
679. **O sorriso de marfim** – Ross Macdonald
680. **100 receitas de pescados** – Sílvio Lancellotti
681. **O juiz e seu carrasco** – Friedrich Dürrenmatt
682. **Noites brancas** – Dostoiévski
683. **Quadras ao gosto popular** – Fernando Pessoa
685. **Kaos** – Millôr Fernandes
686. **A pele de onagro** – Balzac
687. **As ligações perigosas** – Choderlos de Laclos
689. **Os Lusíadas** – Luís Vaz de Camões
690(11). **Átila** – Éric Deschodt
691. **Um jeito tranquilo de matar** – Chester Himes
692. **A felicidade conjugal** *seguido de* **O diabo** – Tolstói
693. **Viagem de um naturalista ao redor do mundo** – vol. 1 – Charles Darwin
694. **Viagem de um naturalista ao redor do mundo** – vol. 2 – Charles Darwin
695. **Memórias da casa dos mortos** – Dostoiévski
696. **A Celestina** – Fernando de Rojas

697. **Snoopy: Como você é azarado, Charlie Brown! (6)** – Charles Schulz
698. **Dez (quase) amores** – Claudia Tajes
699. **Poirot sempre espera** – Agatha Christie
701. **Apologia de Sócrates** *precedido de* **Êutifron e** *seguido de* **Críton** – Platão
702. **Wood & Stock** – Angeli
703. **Striptiras (3)** – Laerte
704. **Discurso sobre a origem e os fundamentos da desigualdade entre os homens** – Rousseau
705. **Os duelistas** – Joseph Conrad
706. **Dilbert (2)** – Scott Adams
707. **Viver e escrever** (vol. 1) – Edla van Steen
708. **Viver e escrever** (vol. 2) – Edla van Steen
709. **Viver e escrever** (vol. 3) – Edla van Steen
710. **A teia da aranha** – Agatha Christie
711. **O banquete** – Platão
712. **Os belos e malditos** – F. Scott Fitzgerald
713. **Libelo contra a arte moderna** – Salvador Dalí
714. **Akropolis** – Valerio Massimo Manfredi
715. **Devoradores de mortos** – Michael Crichton
716. **Sob o sol da Toscana** – Frances Mayes
717. **Batom na cueca** – Nani
718. **Vida dura** – Claudia Tajes
719. **Carne trêmula** – Ruth Rendell
720. **Cris, a fera** – David Coimbra
721. **O anticristo** – Nietzsche
722. **Como um romance** – Daniel Pennac
723. **Emboscada no Forte Bragg** – Tom Wolfe
724. **Assédio sexual** – Michael Crichton
725. **O espírito do Zen** – Alan W. Watts
726. **Um bonde chamado desejo** – Tennessee Williams
727. **Como gostais** *seguido de* **Conto de inverno** – Shakespeare
728. **Tratado sobre a tolerância** – Voltaire
729. **Snoopy: Doces ou travessuras? (7)** – Charles Schulz
730. **Cardápios do Anonymus Gourmet** – J.A. Pinheiro Machado
731. **100 receitas com lata** – J.A. Pinheiro Machado
732. **Conhece o Mário?** vol.2 – Santiago
733. **Dilbert (3)** – Scott Adams
734. **História de um louco amor** *seguido de* **Passado amor** – Horacio Quiroga
735(11). **Sexo: muito prazer** – Laura Meyer da Silva
736(12). **Para entender o adolescente** – Dr. Ronald Pagnoncelli
737(13). **Desembarcando a tristeza** – Dr. Fernando Lucchese
738. **Poirot e o mistério da arca espanhola & outras histórias** – Agatha Christie
739. **A última legião** – Valerio Massimo Manfredi
741. **Sol nascente** – Michael Crichton
742. **Duzentos ladrões** – Dalton Trevisan
743. **Os devaneios do caminhante solitário** – Rousseau
744. **Garfield, o rei da preguiça (10)** – Jim Davis
745. **Os magnatas** – Charles R. Morris
746. **Pulp** – Charles Bukowski
747. **Enquanto agonizo** – William Faulkner
748. **Aline: viciada em sexo (3)** – Adão Iturrusgarai
749. **A dama do cachorrinho** – Anton Tchékhov
750. **Tito Andrônico** – Shakespeare
751. **Antologia poética** – Anna Akhmátova
752. **O melhor de Hagar 6** – Dik e Chris Browne
753(12). **Michelangelo** – Nadine Sautel
754. **Dilbert (4)** – Scott Adams
755. **O jardim das cerejeiras** *seguido de* **Tio Vânia** – Tchékhov
756. **Geração Beat** – Claudio Willer
757. **Santos Dumont** – Alcy Cheuiche
758. **Budismo** – Claude B. Levenson
759. **Cleópatra** – Christian-Georges Schwentzel
760. **Revolução Francesa** – Frédéric Bluche, Stéphane Rials e Jean Tulard
761. **A crise de 1929** – Bernard Gazier
762. **Sigmund Freud** – Edson Sousa e Paulo Endo
763. **Império Romano** – Patrick Le Roux
764. **Cruzadas** – Cécile Morrisson
765. **O mistério do Trem Azul** – Agatha Christie
768. **Senso comum** – Thomas Paine
769. **O parque dos dinossauros** – Michael Crichton
770. **Trilogia da paixão** – Goethe
773. **Snoopy: No mundo da lua! (8)** – Charles Schulz
774. **Os Quatro Grandes** – Agatha Christie
775. **Um brinde de cianureto** – Agatha Christie
776. **Súplicas atendidas** – Truman Capote
779. **A viúva imortal** – Millôr Fernandes
780. **Cabala** – Roland Goetschel
781. **Capitalismo** – Claude Jessua
782. **Mitologia grega** – Pierre Grimal
783. **Economia: 100 palavras-chave** – Jean-Paul Betbèze
784. **Marxismo** – Henri Lefebvre
785. **Punição para a inocência** – Agatha Christie
786. **A extravagância do morto** – Agatha Christie
787(13). **Cézanne** – Bernard Fauconnier
788. **A identidade Bourne** – Robert Ludlum
789. **Da tranquilidade da alma** – Sêneca
790. **Um artista da fome** *seguido de* **Na colônia penal e outras histórias** – Kafka
791. **Histórias de fantasmas** – Charles Dickens
796. **O Uraguai** – Basílio da Gama
797. **A mão misteriosa** – Agatha Christie
798. **Testemunha ocular do crime** – Agatha Christie
799. **Crepúsculo dos ídolos** – Friedrich Nietzsche
802. **O grande golpe** – Dashiell Hammett
803. **Humor barra pesada** – Nani
804. **Vinho** – Jean-François Gautier
805. **Egito Antigo** – Sophie Desplancques
806(14). **Baudelaire** – Jean-Baptiste Baronian
807. **Caminho da sabedoria, caminho da paz** – Dalai Lama e Felizitas von Schönborn
808. **Senhor e servo e outras histórias** – Tolstói
809. **Os cadernos de Malte Laurids Brigge** – Rilke
810. **Dilbert (5)** – Scott Adams
811. **Big Sur** – Jack Kerouac
812. **Seguindo a correnteza** – Agatha Christie
813. **O álibi** – Sandra Brown

814. **Montanha-russa** – Martha Medeiros
815. **Coisas da vida** – Martha Medeiros
816. **A cantada infalível** *seguido de* **A mulher do centroavante** – David Coimbra
819. **Snoopy: Pausa para a soneca (9)** – Charles Schulz
820. **De pernas pro ar** – Eduardo Galeano
821. **Tragédias gregas** – Pascal Thiercy
822. **Existencialismo** – Jacques Colette
823. **Nietzsche** – Jean Granier
824. **Amar ou depender?** – Walter Riso
825. **Darmapada: A doutrina budista em versos**
826. **J'Accuse...! – a verdade em marcha** – Zola
827. **Os crimes ABC** – Agatha Christie
828. **Um gato entre os pombos** – Agatha Christie
831. **Dicionário de teatro** – Luiz Paulo Vasconcellos
832. **Cartas extraviadas** – Martha Medeiros
833. **A longa viagem de prazer** – J. J. Morosoli
834. **Receitas fáceis** – J. A. Pinheiro Machado
835. (14).**Mais fatos & mitos** – Dr. Fernando Lucchese
836. (15).**Boa viagem!** – Dr. Fernando Lucchese
837. **Aline: Finalmente nua!!! (4)** – Adão Iturrusgarai
838. **Mônica tem uma novidade!** – Mauricio de Sousa
839. **Cebolinha em apuros!** – Mauricio de Sousa
840. **Sócios no crime** – Agatha Christie
841. **Bocas do tempo** – Eduardo Galeano
842. **Orgulho e preconceito** – Jane Austen
843. **Impressionismo** – Dominique Lobstein
844. **Escrita chinesa** – Viviane Alleton
845. **Paris: uma história** – Yvan Combeau
846. (15).**Van Gogh** – David Haziot
848. **Portal do destino** – Agatha Christie
849. **O futuro de uma ilusão** – Freud
850. **O mal-estar na cultura** – Freud
853. **Um crime adormecido** – Agatha Christie
854. **Satori em Paris** – Jack Kerouac
855. **Medo e delírio em Las Vegas** – Hunter Thompson
856. **Um negócio fracassado e outros contos de humor** – Tchékhov
857. **Mônica está de férias!** – Mauricio de Sousa
858. **De quem é esse coelho?** – Mauricio de Sousa
860. **O mistério Sittaford** – Agatha Christie
861. **Manhã transfigurada** – L. A. de Assis Brasil
862. **Alexandre, o Grande** – Pierre Briant
863. **Jesus** – Charles Perrot
864. **Islã** – Paul Balta
865. **Guerra da Secessão** – Farid Ameur
866. **Um rio que vem da Grécia** – Cláudio Moreno
868. **Assassinato na casa do pastor** – Agatha Christie
869. **Manual do líder** – Napoleão Bonaparte
870. (16).**Billie Holiday** – Sylvia Fol
871. **Bidu arrasando!** – Mauricio de Sousa
872. **Os Sousa: Desventuras em família** – Mauricio de Sousa
874. **E no final a morte** – Agatha Christie
875. **Guia prático do Português correto – vol. 4** – Cláudio Moreno
876. **Dilbert (6)** – Scott Adams
877. (17).**Leonardo da Vinci** – Sophie Chauveau
878. **Bella Toscana** – Frances Mayes
879. **A arte da ficção** – David Lodge
880. **Striptiras (4)** – Laerte
881. **Skrotinhos** – Angeli
882. **Depois do funeral** – Agatha Christie
883. **Radicci 7** – Iotti
884. **Walden** – H. D. Thoreau
885. **Lincoln** – Allen C. Guelzo
886. **Primeira Guerra Mundial** – Michael Howard
887. **A linha de sombra** – Joseph Conrad
888. **O amor é um cão dos diabos** – Bukowski
890. **Despertar: uma vida de Buda** – Jack Kerouac
891. (18).**Albert Einstein** – Laurent Seksik
892. **Hell's Angels** – Hunter Thompson
893. **Ausência na primavera** – Agatha Christie
894. **Dilbert (7)** – Scott Adams
895. **Ao sul de lugar nenhum** – Bukowski
896. **Maquiavel** – Quentin Skinner
897. **Sócrates** – C.C.W. Taylor
899. **O Natal de Poirot** – Agatha Christie
900. **As veias abertas da América Latina** – Eduardo Galeano
901. **Snoopy: Sempre alerta! (10)** – Charles Schulz
902. **Chico Bento: Plantando confusão** – Mauricio de Sousa
903. **Penadinho: Quem é morto sempre aparece** – Mauricio de Sousa
904. **A vida sexual da mulher feia** – Claudia Tajes
905. **100 segredos de liquidificador** – José Antonio Pinheiro Machado
906. **Sexo muito prazer 2** – Laura Meyer da Silva
907. **Os nascimentos** – Eduardo Galeano
908. **As caras e as máscaras** – Eduardo Galeano
909. **O século do vento** – Eduardo Galeano
910. **Poirot perde uma cliente** – Agatha Christie
911. **Cérebro** – Michael O'Shea
912. **O escaravelho de ouro e outras histórias** – Edgar Allan Poe
913. **Piadas para sempre (4)** – Visconde da Casa Verde
914. **100 receitas de massas light** – Helena Tonetto
915. (19).**Oscar Wilde** – Daniel Salvatore Schiffer
916. **Uma breve história do mundo** – H. G. Wells
917. **A Casa do Penhasco** – Agatha Christie
919. **John M. Keynes** – Bernard Gazier
920. (20).**Virginia Woolf** – Alexandra Lemasson
921. **Peter e Wendy** *seguido de* **Peter Pan em Kensington Gardens** – J. M. Barrie
922. **Aline: numas de colegial (5)** – Adão Iturrusgarai
923. **Uma dose mortal** – Agatha Christie
924. **Os trabalhos de Hércules** – Agatha Christie
926. **Kant** – Roger Scruton
927. **A inocência do Padre Brown** – G.K. Chesterton
928. **Casa Velha** – Machado de Assis
929. **Marcas de nascença** – Nancy Huston
930. **Aulete de bolso**
931. **Hora Zero** – Agatha Christie
932. **Morte na Mesopotâmia** – Agatha Christie
934. **Nem te conto, João** – Dalton Trevisan

935. **As aventuras de Huckleberry Finn** – Mark Twain
936(21). **Marilyn Monroe** – Anne Plantagenet
937. **China moderna** – Rana Mitter
938. **Dinossauros** – David Norman
939. **Louca por homem** – Claudia Tajes
940. **Amores de alto risco** – Walter Riso
941. **Jogo de damas** – David Coimbra
942. **Filha é filha** – Agatha Christie
943. **M ou N?** – Agatha Christie
945. **Bidu: diversão em dobro!** – Mauricio de Sousa
946. **Fogo** – Anaïs Nin
947. **Rum: diário de um jornalista bêbado** – Hunter Thompson
948. **Persuasão** – Jane Austen
949. **Lágrimas na chuva** – Sergio Faraco
950. **Mulheres** – Bukowski
951. **Um pressentimento funesto** – Agatha Christie
952. **Cartas na mesa** – Agatha Christie
954. **O lobo do mar** – Jack London
955. **Os gatos** – Patricia Highsmith
956(22). **Jesus** – Christiane Rancé
957. **História da medicina** – William Bynum
958. **O Morro dos Ventos Uivantes** – Emily Brontë
959. **A filosofia na era trágica dos gregos** – Nietzsche
960. **Os treze problemas** – Agatha Christie
961. **A massagista japonesa** – Moacyr Scliar
963. **Humor do miserê** – Nani
964. **Todo o mundo tem dúvida, inclusive você** – Édison de Oliveira
965. **A dama do Bar Nevada** – Sergio Faraco
969. **O psicopata americano** – Bret Easton Ellis
970. **Ensaios de amor** – Alain de Botton
971. **O grande Gatsby** – F. Scott Fitzgerald
972. **Por que não sou cristão** – Bertrand Russell
973. **A Casa Torta** – Agatha Christie
974. **Encontro com a morte** – Agatha Christie
975(23). **Rimbaud** – Jean-Baptiste Baronian
976. **Cartas na rua** – Bukowski
977. **Memória** – Jonathan K. Foster
978. **A abadia de Northanger** – Jane Austen
979. **As pernas de Úrsula** – Claudia Tajes
980. **Retrato inacabado** – Agatha Christie
981. **Solanin (1)** – Inio Asano
982. **Solanin (2)** – Inio Asano
983. **Aventuras de menino** – Mitsuru Adachi
984(16). **Fatos & mitos sobre sua alimentação** – Dr. Fernando Lucchese
985. **Teoria quântica** – John Polkinghorne
986. **O eterno marido** – Fiódor Dostoiévski
987. **Um safado em Dublin** – J. P. Donleavy
988. **Mirinha** – Dalton Trevisan
989. **Akhenaton e Nefertiti** – Carmen Seganfredo e A. S. Franchini
990. **On the Road – o manuscrito original** – Jack Kerouac
991. **Relatividade** – Russell Stannard
992. **Abaixo de zero** – Bret Easton Ellis
993(24). **Andy Warhol** – Mériam Korichi
995. **Os últimos casos de Miss Marple** – Agatha Christie
996. **Nico Demo: Aí vem encrenca** – Mauricio de Sousa
998. **Rousseau** – Robert Wokler
999. **Noite sem fim** – Agatha Christie
1000. **Diários de Andy Warhol (1)** – Editado por Pat Hackett
1001. **Diários de Andy Warhol (2)** – Editado por Pat Hackett
1002. **Cartier-Bresson: o olhar do século** – Pierre Assouline
1003. **As melhores histórias da mitologia: vol. 1** – A.S. Franchini e Carmen Seganfredo
1004. **As melhores histórias da mitologia: vol. 2** – A.S. Franchini e Carmen Seganfredo
1005. **Assassinato no beco** – Agatha Christie
1006. **Convite para um homicídio** – Agatha Christie
1008. **História da vida** – Michael J. Benton
1009. **Jung** – Anthony Stevens
1010. **Arsène Lupin, ladrão de casaca** – Maurice Leblanc
1011. **Dublinenses** – James Joyce
1012. **120 tirinhas da Turma da Mônica** – Mauricio de Sousa
1013. **Antologia poética** – Fernando Pessoa
1014. **A aventura de um cliente ilustre *seguido de* O último adeus de Sherlock Holmes** – Sir Arthur Conan Doyle
1015. **Cenas de Nova York** – Jack Kerouac
1016. **A corista** – Anton Tchékhov
1017. **O diabo** – Leon Tolstói
1018. **Fábulas chinesas** – Sérgio Capparelli e Márcia Schmaltz
1019. **O gato do Brasil** – Sir Arthur Conan Doyle
1020. **Missa do Galo** – Machado de Assis
1021. **O mistério de Marie Rogêt** – Edgar Allan Poe
1022. **A mulher mais linda da cidade** – Bukowski
1023. **O retrato** – Nicolai Gogol
1024. **O conflito** – Agatha Christie
1025. **Os primeiros casos de Poirot** – Agatha Christie
1027(25). **Beethoven** – Bernard Fauconnier
1028. **Platão** – Julia Annas
1029. **Cleo e Daniel** – Roberto Freire
1030. **Til** – José de Alencar
1031. **Viagens na minha terra** – Almeida Garrett
1032. **Profissões para mulheres e outros artigos feministas** – Virginia Woolf
1033. **Mrs. Dalloway** – Virginia Woolf
1034. **O cão da morte** – Agatha Christie
1035. **Tragédia em três atos** – Agatha Christie
1037. **O fantasma da Ópera** – Gaston Leroux
1038. **Evolução** – Brian e Deborah Charlesworth
1039. **Medida por medida** – Shakespeare
1040. **Razão e sentimento** – Jane Austen
1041. **A obra-prima ignorada *seguido de* Um episódio durante o Terror** – Balzac
1042. **A fugitiva** – Anaïs Nin
1043. **As grandes histórias da mitologia greco--romana** – A. S. Franchini
1044. **O corno de si mesmo & outras historietas** – Marquês de Sade
1045. **Da felicidade *seguido de* Da vida retirada** – Sêneca

1046. **O horror em Red Hook e outras histórias** – H. P. Lovecraft
1047. **Noite em claro** – Martha Medeiros
1048. **Poemas clássicos chineses** – Li Bai, Du Fu e Wang Wei
1049. **A terceira moça** – Agatha Christie
1050. **Um destino ignorado** – Agatha Christie
1051(26). **Buda** – Sophie Royer
1052. **Guerra Fria** – Robert J. McMahon
1053. **Simons's Cat: as aventuras de um gato travesso e comilão – vol. 1** – Simon Tofield
1054. **Simons's Cat: as aventuras de um gato travesso e comilão – vol. 2** – Simon Tofield
1055. **Só as mulheres e as baratas sobreviverão** – Claudia Tajes
1057. **Pré-história** – Chris Gosden
1058. **Pintou sujeira!** – Mauricio de Sousa
1059. **Contos de Mamãe Gansa** – Charles Perrault
1060. **A interpretação dos sonhos: vol. 1** – Freud
1061. **A interpretação dos sonhos: vol. 2** – Freud
1062. **Frufru Ratapla Dolores** – Dalton Trevisan
1063. **As melhores histórias da mitologia egípcia** – Carmem Seganfredo e A.S. Franchini
1064. **Infância. Adolescência. Juventude** – Tolstói
1065. **As consolações da filosofia** – Alain de Botton
1066. **Diários de Jack Kerouac – 1947-1954**
1067. **Revolução Francesa – vol. 1** – Max Gallo
1068. **Revolução Francesa – vol. 2** – Max Gallo
1069. **O detetive Parker Pyne** – Agatha Christie
1070. **Memórias do esquecimento** – Flávio Tavares
1071. **Drogas** – Leslie Iversen
1072. **Manual de ecologia (vol.2)** – J. Lutzenberger
1073. **Como andar no labirinto** – Affonso Romano de Sant'Anna
1074. **A orquídea e o serial killer** – Juremir Machado da Silva
1075. **Amor nos tempos de fúria** – Lawrence Ferlinghetti
1076. **A aventura do pudim de Natal** – Agatha Christie
1078. **Amores que matam** – Patricia Faur
1079. **Histórias de pescador** – Mauricio de Sousa
1080. **Pedaços de um caderno manchado de vinho** – Bukowski
1081. **A ferro e fogo: tempo de solidão (vol.1)** – Josué Guimarães
1082. **A ferro e fogo: tempo de guerra (vol.2)** – Josué Guimarães
1084(17). **Desembarcando o Alzheimer** – Dr. Fernando Lucchese e Dra. Ana Hartmann
1085. **A maldição do espelho** – Agatha Christie
1086. **Uma breve história da filosofia** – Nigel Warburton
1088. **Heróis da História** – Will Durant
1089. **Concerto campestre** – L. A. de Assis Brasil
1090. **Morte nas nuvens** – Agatha Christie
1092. **Aventura em Bagdá** – Agatha Christie
1093. **O cavalo amarelo** – Agatha Christie
1094. **O método de interpretação dos sonhos** – Freud
1095. **Sonetos de amor e desamor** – Vários
1096. **120 tirinhas do Dilbert** – Scott Adams
1097. **200 fábulas de Esopo**
1098. **O curioso caso de Benjamin Button** – F. Scott Fitzgerald
1099. **Piadas para sempre: uma antologia para morrer de rir** – Visconde da Casa Verde
1100. **Hamlet (Mangá)** – Shakespeare
1101. **A arte da guerra (Mangá)** – Sun Tzu
1104. **As melhores histórias da Bíblia (vol.1)** – A. S. Franchini e Carmen Seganfredo
1105. **As melhores histórias da Bíblia (vol.2)** – A. S. Franchini e Carmen Seganfredo
1106. **Psicologia das massas e análise do eu** – Freud
1107. **Guerra Civil Espanhola** – Helen Graham
1108. **A autoestrada do sul e outras histórias** – Julio Cortázar
1109. **O mistério dos sete relógios** – Agatha Christie
1110. **Peanuts: Ninguém gosta de mim... (amor)** – Charles Schulz
1111. **Cadê o bolo?** – Mauricio de Sousa
1112. **O filósofo ignorante** – Voltaire
1113. **Totem e tabu** – Freud
1114. **Filosofia pré-socrática** – Catherine Osborne
1115. **Desejo de status** – Alain de Botton
1118. **Passageiro para Frankfurt** – Agatha Christie
1120. **Kill All Enemies** – Melvin Burgess
1121. **A morte da sra. McGinty** – Agatha Christie
1122. **Revolução Russa** – S. A. Smith
1123. **Até você, Capitu?** – Dalton Trevisan
1124. **O grande Gatsby (Mangá)** – F. S. Fitzgerald
1125. **Assim falou Zaratustra (Mangá)** – Nietzsche
1126. **Peanuts: É para isso que servem os amigos (amizade)** – Charles Schulz
1127(27). **Nietzsche** – Dorian Astor
1128. **Bidu: Hora do banho** – Mauricio de Sousa
1129. **O melhor do Macanudo Taurino** – Santiago
1130. **Radicci 30 anos** – Iotti
1131. **Show de sabores** – J.A. Pinheiro Machado
1132. **O prazer das palavras** – vol. 3 – Cláudio Moreno
1133. **Morte na praia** – Agatha Christie
1134. **O fardo** – Agatha Christie
1135. **Manifesto do Partido Comunista (Mangá)** – Marx & Engels
1136. **A metamorfose (Mangá)** – Franz Kafka
1137. **Por que você não se casou... ainda** – Tracy McMillan
1138. **Textos autobiográficos** – Bukowski
1139. **A importância de ser prudente** – Oscar Wilde
1140. **Sobre a vontade na natureza** – Arthur Schopenhauer
1141. **Dilbert (8)** – Scott Adams
1142. **Entre dois amores** – Agatha Christie
1143. **Cipreste triste** – Agatha Christie
1144. **Alguém viu uma assombração?** – Mauricio de Sousa
1145. **Mandela** – Elleke Boehmer
1146. **Retrato do artista quando jovem** – James Joyce
1147. **Zadig ou o destino** – Voltaire
1148. **O contrato social (Mangá)** – J.-J. Rousseau
1149. **Garfield fenomenal** – Jim Davis
1150. **A queda da América** – Allen Ginsberg
1151. **Música na noite & outros ensaios** – Aldous Huxley

1152. **Poesias inéditas & Poemas dramáticos** – Fernando Pessoa
1153. **Peanuts: Felicidade é...** – Charles M. Schulz
1154. **Mate-me por favor** – Legs McNeil e Gillian McCain
1155. **Assassinato no Expresso Oriente** – Agatha Christie
1156. **Um punhado de centeio** – Agatha Christie
1157. **A interpretação dos sonhos (Mangá)** – Freud
1158. **Peanuts: Você não entende o sentido da vida** – Charles M. Schulz
1159. **A dinastia Rothschild** – Herbert R. Lottman
1160. **A Mansão Hollow** – Agatha Christie
1161. **Nas montanhas da loucura** – H.P. Lovecraft
1162. (28). **Napoleão Bonaparte** – Pascale Fautrier
1163. **Um corpo na biblioteca** – Agatha Christie
1164. **Inovação** – Mark Dodgson e David Gann
1165. **O que toda mulher deve saber sobre os homens: a afetividade masculina** – Walter Riso
1166. **O amor está no ar** – Mauricio de Sousa
1167. **Testemunha de acusação & outras histórias** – Agatha Christie
1168. **Etiqueta de bolso** – Celia Ribeiro
1169. **Poesia reunida (volume 3)** – Affonso Romano de Sant'Anna
1170. **Emma** – Jane Austen
1171. **Que seja em segredo** – Ana Miranda
1172. **Garfield sem apetite** – Jim Davis
1173. **Garfield: Foi mal...** – Jim Davis
1174. **Os irmãos Karamázov (Mangá)** – Dostoiévski
1175. **O Pequeno Príncipe** – Antoine de Saint-Exupéry
1176. **Peanuts: Ninguém mais tem o espírito aventureiro** – Charles M. Schulz
1177. **Assim falou Zaratustra** – Nietzsche
1178. **Morte no Nilo** – Agatha Christie
1179. **Ê, soneca boa** – Mauricio de Sousa
1180. **Garfield a todo o vapor** – Jim Davis
1181. **Em busca do tempo perdido (Mangá)** – Proust
1182. **Cai o pano: o último caso de Poirot** – Agatha Christie
1183. **Livro para colorir e relaxar** – Livro 1
1184. **Para colorir sem parar**
1185. **Os elefantes não esquecem** – Agatha Christie
1186. **Teoria da relatividade** – Albert Einstein
1187. **Compêndio da psicanálise** – Freud
1188. **Visões de Gerard** – Jack Kerouac
1189. **Fim de verão** – Mohiro Kitoh
1190. **Procurando diversão** – Mauricio de Sousa
1191. **E não sobrou nenhum e outras peças** – Agatha Christie
1192. **Ansiedade** – Daniel Freeman & Jason Freeman
1193. **Garfield: pausa para o almoço** – Jim Davis
1194. **Contos do dia e da noite** – Guy de Maupassant
1195. **O melhor de Hagar 7** – Dik Browne
1196. (29). **Lou Andreas-Salomé** – Dorian Astor
1197. (30). **Pasolini** – René de Ceccatty
1198. **O caso do Hotel Bertram** – Agatha Christie
1199. **Crônicas de motel** – Sam Shepard
1200. **Pequena filosofia da paz interior** – Catherine Rambert
1201. **Os sertões** – Euclides da Cunha
1202. **Treze à mesa** – Agatha Christie
1203. **Bíblia** – John Riches
1204. **Anjos** – David Albert Jones
1205. **As tirinhas do Guri de Uruguaiana 1** – Jair Kobe
1206. **Entre aspas (vol.1)** – Fernando Eichenberg
1207. **Escrita** – Andrew Robinson
1208. **O spleen de Paris: pequenos poemas em prosa** – Charles Baudelaire
1209. **Satíricon** – Petrônio
1210. **O avarento** – Molière
1211. **Queimando na água, afogando-se na chama** – Bukowski
1212. **Miscelânea septuagenária: contos e poemas** – Bukowski
1213. **Que filosofar é aprender a morrer e outros ensaios** – Montaigne
1214. **Da amizade e outros ensaios** – Montaigne
1215. **O medo à espreita e outras histórias** – H.P. Lovecraft
1216. **A obra de arte na era de sua reprodutibilidade técnica** – Walter Benjamin
1217. **Sobre a liberdade** – John Stuart Mill
1218. **O segredo de Chimneys** – Agatha Christie
1219. **Morte na rua Hickory** – Agatha Christie
1220. **Ulisses (Mangá)** – James Joyce
1221. **Ateísmo** – Julian Baggini
1222. **Os melhores contos de Katherine Mansfield** – Katherine Mansfied
1223. (31). **Martin Luther King** – Alain Foix
1224. **Millôr Definitivo: uma antologia de *A Bíblia do Caos*** – Millôr Fernandes
1225. **O Clube das Terças-Feiras e outras histórias** – Agatha Christie
1226. **Por que sou tão sábio** – Nietzsche
1227. **Sobre a mentira** – Platão
1228. **Sobre a leitura *seguido do* Depoimento de Céleste Albaret** – Proust
1229. **O homem do terno marrom** – Agatha Christie
1230. (32). **Jimi Hendrix** – Franck Médioni
1231. **Amor e amizade e outras histórias** – Jane Austen
1232. **Lady Susan, Os Watson e Sanditon** – Jane Austen
1233. **Uma breve história da ciência** – William Bynum
1234. **Macunaíma: o herói sem nenhum caráter** – Mário de Andrade
1235. **A máquina do tempo** – H.G. Wells
1236. **O homem invisível** – H.G. Wells
1237. **Os 36 estratagemas: manual secreto da arte da guerra** – Anônimo
1238. **A mina de ouro e outras histórias** – Agatha Christie
1239. **Pic** – Jack Kerouac
1240. **O habitante da escuridão e outros contos** – H.P. Lovecraft
1241. **O chamado de Cthulhu e outros contos** – H.P. Lovecraft

1242. **O melhor de Meu reino por um cavalo!** – Edição de Ivan Pinheiro Machado
1243. **A guerra dos mundos** – H.G. Wells
1244. **O caso da criada perfeita e outras histórias** – Agatha Christie
1245. **Morte por afogamento e outras histórias** – Agatha Christie
1246. **Assassinato no Comitê Central** – Manuel Vázquez Montalbán
1247. **O papai é pop** – Marcos Piangers
1248. **O papai é pop 2** – Marcos Piangers
1249. **A mamãe é rock** – Ana Cardoso
1250. **Paris boêmia** – Dan Franck
1251. **Paris libertária** – Dan Franck
1252. **Paris ocupada** – Dan Franck
1253. **Uma anedota infame** – Dostoiévski
1254. **O último dia de um condenado** – Victor Hugo
1255. **Nem só de caviar vive o homem** – J.M. Simmel
1256. **Amanhã é outro dia** – J.M. Simmel
1257. **Mulherzinhas** – Louisa May Alcott
1258. **Reforma Protestante** – Peter Marshall
1259. **História econômica global** – Robert C. Allen
1260.(33). **Che Guevara** – Alain Foix
1261. **Câncer** – Nicholas James
1262. **Akhenaton** – Agatha Christie
1263. **Aforismos para a sabedoria de vida** – Arthur Schopenhauer
1264. **Uma história do mundo** – David Coimbra
1265. **Ame e não sofra** – Walter Riso
1266. **Desapegue-se!** – Walter Riso
1267. **Os Sousa: Uma família do barulho** – Mauricio de Sousa
1268. **Nico Demo: O rei da travessura** – Mauricio de Sousa
1269. **Testemunha de acusação e outras peças** – Agatha Christie
1270.(34). **Dostoiévski** – Virgil Tanase
1271. **O melhor de Hagar 8** – Dik Browne
1272. **O melhor de Hagar 9** – Dik Browne
1273. **O melhor de Hagar 10** – Dik e Chris Browne
1274. **Considerações sobre o governo representativo** – John Stuart Mill
1275. **O homem Moisés e a religião monoteísta** – Freud
1276. **Inibição, sintoma e medo** – Freud
1277. **Além do princípio de prazer** – Freud
1278. **O direito de dizer não!** – Walter Riso
1279. **A arte de ser flexível** – Walter Riso
1280. **Casados e descasados** – August Strindberg
1281. **Da Terra à Lua** – Júlio Verne
1282. **Minhas galerias e meus pintores** – Kahnweiler
1283. **A arte do romance** – Virginia Woolf
1284. **Teatro completo v. 1: As aves da noite** *seguido de* **O visitante** – Hilda Hilst
1285. **Teatro completo v. 2: O verdugo** *seguido de* **A morte do patriarca** – Hilda Hilst
1286. **Teatro completo v. 3: O rato no muro** *seguido de* **Auto da barca de Camiri** – Hilda Hilst
1287. **Teatro completo v. 4: A empresa** *seguido de* **O novo sistema** – Hilda Hilst
1289. **Fora de mim** – Martha Medeiros
1290. **Divã** – Martha Medeiros
1291. **Sobre a genealogia da moral: um escrito polêmico** – Nietzsche
1292. **A consciência de Zeno** – Italo Svevo
1293. **Células-tronco** – Jonathan Slack
1294. **O fim do ciúme e outros contos** – Proust
1295. **A jangada** – Júlio Verne
1296. **A ilha do dr. Moreau** – H.G. Wells
1297. **Ninho de fidalgos** – Ivan Turguêniev
1298. **Jane Eyre** – Charlotte Brontë
1299. **Sobre gatos** – Bukowski
1300. **Sobre o amor** – Bukowski
1301. **Escrever para não enlouquecer** – Bukowski
1302. **222 receitas** – J. A. Pinheiro Machado
1303. **Reinações de Narizinho** – Monteiro Lobato
1304. **O Saci** – Monteiro Lobato
1305. **Memórias da Emília** – Monteiro Lobato
1306. **O Picapau Amarelo** – Monteiro Lobato
1307. **A reforma da Natureza** – Monteiro Lobato
1308. **Fábulas** *seguido de* **Histórias diversas** – Monteiro Lobato
1309. **Aventuras de Hans Staden** – Monteiro Lobato
1310. **Peter Pan** – Monteiro Lobato
1311. **Dom Quixote das crianças** – Monteiro Lobato
1312. **O Minotauro** – Monteiro Lobato
1313. **Um quarto só seu** – Virginia Woolf
1314. **Sonetos** – Shakespeare
1315.(35). **Thoreau** – Marie Berthoumieu e Laura El Makki
1316. **Teoria da arte** – Cynthia Freeland
1317. **A arte da prudência** – Baltasar Gracián
1318. **O louco** *seguido de* **Areia e espuma** – Khalil Gibran
1319. **O profeta** *seguido de* **O jardim do profeta** – Khalil Gibran
1320. **Jesus, o Filho do Homem** – Khalil Gibran
1321. **A luta** – Norman Mailer
1322. **Sobre o sofrimento do mundo e outros ensaios** – Schopenhauer
1323. **Epidemiologia** – Rodolfo Saracci
1324. **Japão moderno** – Christopher Goto-Jones
1325. **A arte da meditação** – Matthieu Ricard
1326. **O adversário secreto** – Agatha Christie
1327. **Pollyanna** – Eleanor H. Porter
1328. **Espelhos** – Eduardo Galeano
1329. **A Vênus das peles** – Sacher-Masoch
1330. **O 18 de brumário de Luís Bonaparte** – Karl Marx
1331. **Um jogo para os vivos** – Patricia Highsmith
1332. **A tristeza pode esperar** – J.J. Camargo
1333. **Vinte poemas de amor e uma canção desesperada** – Pablo Neruda
1334. **Judaísmo** – Norman Solomon
1335. **Esquizofrenia** – Christopher Frith & Eve Johnstone
1336. **Seis personagens em busca de um autor** – Luigi Pirandello
1337. **A Fazenda dos Animais** – George Orwell

lepmeditores
www.lpm.com.br
o site que conta tudo

IMPRESSÃO:

PALLOTTI
GRÁFICA

Santa Maria - RS | Fone: (55) 3220.4500
www.graficapallotti.com.br